一器一物

遇 见 旧 时 光

吕 峰

著

GUANGXI NORMAL UNIVERSITY PRESS

广西师范大学出版社

·桂林·

图书在版编目（CIP）数据

一器一物：遇见旧时光 / 吕峰著. —桂林：广西师范
大学出版社，2019.7（2024.4 重印）
（雅活书系）
ISBN 978-7-5598-1737-2

Ⅰ．①一… Ⅱ．①吕… Ⅲ．①散文集－中国－当代
Ⅳ．①I267

中国版本图书馆 CIP 数据核字（2019）第 071877 号

广西师范大学出版社出版发行

（广西桂林市五里店路 9 号　邮政编码：541004）

（网址：http://www.bbtpress.com）

出版人：黄轩庄

全国新华书店经销

广西广大印务有限责任公司印刷

（桂林市临桂区秧塘工业园西城大道北侧广西师范大学出版社

集团有限公司创意产业园内　邮政编码：541199）

开本：787 mm ×1 092 mm　1/32

印张：9　　字数：180 千字

2019 年 7 月第 1 版　　2024 年 4 月第 9 次印刷

印数：25 001~30 000 册　　定价：52.00 元

如发现印装质量问题，影响阅读，请与出版社发行部门联系调换。

—

寄居在时光的缝隙里

　　时光是一种非常奇妙的存在，经过它掌心的东西，有的会石沉大海，有的却因为淘洗而焕发出更加耀眼的魅力，像星星一样在夜空中熠熠闪光。那些经受时光之河洗礼而幸存的老物件都是天赐之物、神奇之物，是人生旅程中的一段情，一炷香，一缕心曲，无言而温馨，美丽又放达，能带给我无数的启示与妙义，勾起我对泛黄的旧时岁月的回忆和怀念。

　　器物作为一种物品的存在是没有生命的，是冰凉呆板、无知无觉的。可是一旦它与人有了亲密接触，一旦成为人们生活中必不可少的一部分，便被赋予了生命，便被赋予了知觉、声音、气味与情感。它也渐渐成了我们的熟人、朋友，甚至家庭成员，和我们一起凝视这个世界、应对这个世界，也目睹着我们的喜怒哀乐、成败得失。它也和人一样，既能活着，也能死去，既能存在，也能消失。

　　生活中，我喜欢去寻觅那些逐渐老去或即将消逝的老物件，且竭尽全力地保存，让它们成为我生命的一部分。为此，我的房间里堆满了这样、那样的老物件，朋友见了戏称为"杂货铺子"。我依然乐此不疲，因为我收集、储藏的不仅仅是物品，还是一种记忆，一种情感。因与这些物件接近的缘故，我的内心变得更加广阔宁静，轻易地就获得了一种淡然笃定的从容。

　　于我而言，邂逅一个老物件就像遭遇一段感情，像遇到一位理想的情人，得到一种莫大的幸福感。那种会心的愉悦言不能表，无论苦与乐，都是那样的真实，那样的刻骨铭心。在那些寂寞无言、浓缩了人生与历史的老物件面前，我仿佛感觉到了什么叫大，什么叫小，什么叫长，什么叫短。面对它们，仿佛走进天荒地老的岁月，走进历史的拐弯处，左顾右盼却很难分辨其源头，在心里萌生出一种神秘感。

　　许多时候，我如一位哲人或禅者，趺坐案前，独对那些老物件，恍然处于一种天高地邈、无古无今、无我无物的境界之中，有寂寞，有疲累，有欣慰，有参悟。正是有了它们的熏陶与烟云供养，我步入了另一种人生境界，用形容瓷器的一句话来说就是"千年火气隐，一片水光披"。透过它们，仿佛看到了我的前世与今生。对人生沉浮和世事沧桑，多了一分豁达与从容，对金钱与名利有了一分新的认知。

那些与我结缘的老物件，几乎都有一段来由，都有一段过往，都有一段故事，它们蕴藏了无数的情感和记忆。于我而言，老物件里有浓浓的亲情，奶奶常用的汤婆子、月饼模子，伴着爷爷度过春秋寒暑的紫砂壶，父亲亲手绑扎的竹风筝，母亲的擀面杖和咸菜坛……每次注视、把玩它们，我都会怦然心动，它们像一个熟悉的声音、一张亲切的面容、一纸熟悉的笔迹，让我回想起很多久违了的场景、氛围、情感。

老物件里有老去的故园，有逝去的时光。老院子、青瓦房、木窗棂，都是凝聚了诸多情感的所在。它们不仅是故园的留存，也传达了家的概念。然而，城市化的步伐用不可阻挡的气势吞噬了带着厚重泥土味的院落，也吞噬了那些写满了故事的瓦、老门环等。如今，它们只能默默存在于我都市中的房子一隅，连同曾经在日常生活中发挥了巨大作用的磨刀石、石拐磨、鸡毛掸子等，一起见证着那段逝去的光阴。

童年在每个人的心中都是无限美好的，更多的时候是体现在玩乐上。在那些老物件当中，还有陪伴我度过了儿时时光的年画、小人书、蛐蛐罐、烟标等。每每看到它们，我的每根神经都会奔向那遥远的童年、最美的童年时光，让我在一路风尘奔向未来的步履中，蓦然回首的刹那，都有暗香浮动、温馨弥漫。它们也让我深深懂得了岁月是一种温存，会在你我的心中永驻。

那些物件里还凝聚着朋友之间的珍贵情谊，是纯真情感的见证。有朋友从四川带来的仿三星堆青铜书签；有朋友从国外带来的五花八门的邮票、钱币等；最珍贵的是一个婴儿巴掌般大小的风筝，是一位留学德国的朋友从台湾带给我的，风筝为燕子形，做工精致，色彩明艳，栩栩如生……每当看见这些蕴含了友情的物件，我都会萌生一种温馨、一种感动。

此外，亦有些经过前人之手传递到我手中的老物件。岁月走远了，活生生的人老去了，这些金的、铜的、玉的、瓷的物件却延续了当初创始者的生命，带着古旧的气息来到我的身边。一方砚台，一枚闲章，一盏茶托，一只花瓶，一张古琴，一把团扇……有时我会想，它们从何处来？它们经历了怎么样的故事？它们于宁静中透出闲适，于闲适中闪着智慧。因为它们，我变得更加淡定，活得更加自主随意。

斗转星移、时光流逝，因为那些老物件，流泻月光的天窗依旧清澈明亮，墙上的挂钟依旧叮当作响。摆弄那些老物件，像寄居在时光的缝隙里，会回到自我、回到从前，让生活和心情都得到滋润。《一器一物：遇见旧时光》是一本记录生命中遇到的老物件的书，我希冀通过它和大家一起去感受经受了时光之河洗礼的老物件，放慢生活的脚步，找到一种最朴素、最纯粹的幸福。

目　录

叁部

云想衣裳花想容

壹部

———

一器一物总关情

· 粗瓷碗 ·

一

家在光阴里侧影翩跹

　　碗，人们吃饭和盛放食品的器具。吃饭时，我们都会用到碗，饭店的、餐馆的、路边摊的、家里的……可是，很少有人留意天天、顿顿端起的碗。其实，碗里大有乾坤，它可盛岁月，可盛历史，可盛生活，可盛万物，碗里有情、有自然、有世界……家的橱柜里有四个外形粗犷的粗瓷碗，是当年爷爷为了迎接家里添丁而购置的。如今它们盛着满满的光阴，无语也无声，固守着家的温度。

　　粗瓷碗是那种最普通的白瓷碗，碗边有两圈蓝色的釉纹，口大肚浅，大腹便便的样子。从我有了记忆开始，饭桌上就有它们的身影。每到吃饭时，我喜欢帮着摆放碗筷，一边摆着，一边念叨着："这是爷爷的，这是奶奶的，这是我的……"眼前的碗，对应着一个个正急着往家走的亲人。有时，遇到我喜欢吃的东西，奶奶会捏起一块，放进我的嘴里，母亲则佯装愠怒，瞪我一眼，那种感觉温暖、安详。

家里有一个规矩，饭做好后，第一碗要盛给爷爷。奶奶给爷爷盛饭时总是说，你爷爷是家里的大劳力，家里的活儿全指望他干呢，这做好饭呀就得先给他……奶奶去世时，面对鬼子刺刀也面不改色，号称"铁打汉子"的爷爷痛哭流涕，一个劲地用手拍打着奶奶的棺木念叨："你走了，谁给我盛第一碗饭呀！"那副悲痛欲绝的神情，让前来吊唁的人无不动容。

粗瓷碗也见证了父母亲几十年的相濡以沫，没有浪漫，有的只是每日三餐、添饭夹菜，虽朴实平淡，却无限温暖。每天早晨，母亲会雷打不动给父亲冲鸡蛋茶。在粗瓷碗里，磕上两枚鸡蛋，滴上几滴香油，再加一勺白砂糖，用筷子搅和均匀，将刚烧开的水慢慢地冲到碗里，边冲边用筷子搅动，那碗里就慢慢形成了一梭又一梭的鸡蛋穗，略微沉淀后，上面变成稀清的蛋汤，下面是稠状的蛋花。这是母亲最熟练也最拿手的活儿，原因很简单：父亲最好这一口！

当时，我对母亲的这种做法很不以为然。后来看到台湾作家张晓风写道："看见有人当街亲热，竟也视若无睹，但每看到一对人手牵手提着一把青菜一条鱼从菜场走出来，一颗心就忍不住恻恻地痛了起来，一蔬一饭里的天长地久原是如此味永难言啊！"原来，碗可盛爱啊！所谓的白头到老的爱情，所谓的天长地久，就蕴藏在寻常的一日三餐中，蕴藏在精心盛出的一碗饭里。那一刻也才明白，粗瓷碗中的爱情，因为有日日的惦念，才有天长地久的丰盈。

粗瓷碗里除了有爱情，还有满满的亲情。有一次，我生病了，一直高烧不止。母亲觉得服用汤剂比打针副作用小，就开了一大包中草药回家煎汤。她守在厨房的煤炉前，严格按照老中医的要求去煎药，先用大火煮沸，然后用文火细细地熬。随着母亲的辛劳，那带点苦涩味儿的药香弥漫了整个房间。

　　近两个小时的工夫，那碗黑褐色泛着泡沫的汤药被端到了床前，我只呷了一口，便受不了那份沁入心肺的奇苦，不由得翻江倒海般呕吐起来。母亲慌忙为我捶背，清扫秽物，又忍不住焦急万分。望着她忙碌而辛劳的身影，我内疚极了，真对不住她煎熬那碗中草药的苦心。

　　粗瓷碗原本是十个，后来在不经意的迎来送往中，磕了，碰了，碎了，最后只留下了四个。再后来这四个碗也很少用了，取而代之的是一套又一套精美的细瓷碗。有一次，朋友来家里做客，碰巧前段时间碗被女儿打碎了几个，一直没去购买。这时，我突然想起了橱柜里的粗瓷碗，便拿出来以解燃眉之急。端着那早已退出了生活圈子的粗瓷碗，朋友顿时乐了。那天吃了什么我都不记得了，只记得一晚上的话题都没有离开过它。再后来，朋友去了日本留学，每次回国，捎来的礼物都是图案各异的碗碟。看着那饱含心意的礼物，我知道碗里还藏着友情。

　　粗瓷碗里有美好的回忆，那是逝去的懵懂岁月，那是千金不换的温情与美好。因为它，家的概念更加清晰，家也在无情的光阴里

5

侧影翩跹。每逢节假日，我便拖家带口去田间乡野，过几天农家生活，用粗瓷大碗吃饭、喝粥。夜晚坐在生凉的农家小院里，天上一轮明月，碗中似乎有月光在荡漾，让人心醉。

人生很复杂，其实人生又何其简单，简单到只是由两个动作组成的一条线。一个动作是捧起碗，一个动作是放下碗。在捧起与放下的过程中，生命一点一点绚烂，又一点一点枯萎、终结，直到那只碗最后一次放下，永不被捧起……

· 食盒 ·

—

器与食温暖相伴

　　民以食为天，自古以来吃是人们生活中必要的一项活动，食盒则是前人为了便于携带食物而专门设计的。食盒作为一种古老的日常用具，给生活增添了无限的暖意。时过境迁，忙碌奔波的人们习惯于叫外卖，早已不知食盒为何物了。隐藏在食盒中的那份对生活细节的讲究与执着，亦成为一份温暖的记忆。

　　旧时的食盒材质多样，有竹、黄花梨、紫檀、藤、瓷等。黄花梨、紫檀等硬木纹理细密、色泽光润、坚固耐用，在拼接时有得天独厚的优势，因此较为常见。我家厨房里保存的食盒就是黄花梨做成的，呈长方形，上下四层，可以分隔盛放不同的吃食。食盒造型大方、结构简练，黄花梨的木纹形成了天然的装饰效果，与木盒简单质朴的造型相得益彰，充分展示了黄花梨本身的质感和自然美。

　　对于古人来说，食盒不仅可盛装食物，还承载着独特的风俗人

情与饮食文化。文人骚客、士绅名流出门访友、踏青郊游，或参加诗社与友人把酒言欢，食盒都是必不可少的，可用它携带些肴食果品，以备果腹、助兴之用。相比文人的食盒，古代女子的食盒则含蓄了许多。她们喜欢将精致的食盒包在美美的绣花布里，用手拎着，还没开吃就已经醉了！

对于我来说，食盒是带着生活温情的物件。在农村生活过的人，都知道夏收夏种、秋收秋种绝对是无比繁忙的。为了避开坏天气，要抢收抢种，俗话所说的"龙王嘴里抢庄稼"就是这个道理。那时，父母亲常常在太阳未出的时候，趁着凉快去地里收割，年迈的奶奶在家里做饭，我则担起了送饭的任务。

那时候，家中有一个大大的灶台，里面镶嵌着一口大大的铁锅。奶奶忙碌的时候，身影总是被白炽灯映照着，在墙壁上晃来晃去。火势不够猛，奶奶便用一根长长的吹管，对着灶下的柴火"呼呼"地吹气，火星子在灶下狂乱地飞舞。厨房狭小而局促，我常常被烟气呛得呼吸困难。可是在烟气缭绕中掌勺的奶奶那张汗水淋漓的脸，总是隐隐地含着笑意。因为在她的忙碌里，有着无法割舍的、承欢膝下的满足与幸福。

在熊熊的火光里，奶奶快手翻炒菜肴，烟气与香气同在厨房里流窜。待我吃完早饭，奶奶已将炒好的菜、稀饭、馒头，一层层地放进那个老旧的食盒里，有时再加一个咸鸭蛋，让我赶紧给在田地里劳作的父母亲送去。每一次，奶奶都嘱咐我一番，让我路上不要贪玩，要赶紧送过去。

出了门，会遇见同去地里送饭的小伙伴，有的提着塑料桶，有的提着竹篮子，唯有我提的食盒与众不同，这让我暗自得意。到了地里，赶紧招呼父母亲吃饭。他们就近找个阴凉地，一口饭一口菜地吃起来，由于累了好一阵子，吃得格外有味。此时，地里的场面很是壮观，大家在树荫下站着、蹲着，或者干脆一屁股坐在地上，每个人都端着一个大碗狼吞虎咽。

我则趁着这工夫，在收割过的田地里玩耍。此时的地里有很多野生的果子，都是我的最爱。最常见的是一种叫作"黑天天"的小果子，一簇一簇的，豆子一般大小，吃到嘴里又酸又甜；较为罕见的是一种叫"长生果"的野果子，黄澄澄的，透着光亮，外面包着一个气囊一样的外衣，撕开气囊，熟透的气味扑鼻而来；运气好时，能找到晚熟的野甜瓜，香喷喷的，咬一口，能甜到心里。

在我看来，食盒里的味道是独一无二的味道，是不一样的烟火气息。可是慢慢地，用食盒送饭的影像渐行渐远，并逐渐淡出了人们的视线。那个老旧的食盒也失去了作用，只有奶奶时不时拿出来用它盛放干果什么的。再后来，出现了轻巧便捷的保温桶、保温饭盒等等，食盒便彻底地失去了作用。可奶奶和母亲都舍不得将它丢掉，将它放在厨房的一隅，它也慢慢地被岁月的灰尘所覆盖，到最后成为一件彻头彻尾的老物件。

时至今日，用食盒送饭的经历已成为一种过往，并定格在往昔的记忆里。可是每次看到它，曾经逝去的岁月便会在眼前浮现，它也用一种无声无息的诉说，让我永远记住了那段食与器温暖相伴的日子。

· 铜火锅 ·

一

百味消融小釜中

火锅是一种时髦的美食，特别是走在秋冬时节城市的街头巷尾，放眼望去，火锅店的招牌触目皆是，花样也繁多，可我却对铜火锅情有独钟。家里有一个用了二十多年的铜火锅，锅身和锅盖都呈现出一种明亮的光泽，透露着历史的厚重和岁月的沧桑，也诉说着质朴和自然。每当天气转寒，父亲便把它找出来，一家人围在一起美美地吃上一顿。

读初中时，父亲出差带回来一个造型奇特的铜家伙，在我惊诧的目光中，父亲告诉我这是铜火锅，炉芯居中，用来加炭，四周放食物。后来，在无比的期待中，体验到了那种独特烹饪方式烹饪出的美食，堪称美妙的味蕾体验。那是第一次在冬天里吃这么烫口的食物，满屋的香味，满屋的辣味，满屋的温情。一家人围坐在一起，直吃得满面红光，额头生汗，大呼过瘾。一晃二十多年过去了，至今还清晰记得那烫口的滋味和炭火的味道。

　　细究起来，火锅可谓名吃，最早可以追溯到三千多年前。那时古人将牛、羊肉等通通放入鼎中，在底部生火把食物煮熟，这算是最早的火锅了。三国时代，出现了一种"王熟釜"，锅中分五格，既可调和五种不同的味道，也可同时煮五种不同的食物，和现今的"鸳鸯锅"有异曲同工之妙。到了南北朝，铜器所制的各种形状的锅成了最普遍的器皿。唐朝时，火锅又被称为"暖锅"，白居易的"绿蚁新醅酒，红泥小火炉"就是对火锅的生动描述。

　　对家人而言，火锅有着难以抵抗的诱惑。每年天刚转冷，父亲就迫不及待地将铜火锅搬了出来。汤底是用母鸡煮成的高汤，鸡汤烧开，放入少许的葱、姜、大枣等，用文火熬之，直至煮沸，即是一锅鲜美无比的汤底。围绕在火锅周围的是种类丰富的涮菜，荤素搭配，水陆杂陈，五颜六色。除去牛、羊肉，豆制品和新鲜的蔬菜是必不可少的，黄豆芽、腐竹、冻豆腐、面筋泡、土豆片、金针菇、白菜心、竹笋片、娃娃菜等，都是可以下锅的。

　　闻着锅里诱人的靓汤，看着眼前繁多的涮菜，早已勾起了食欲。调料是母亲自配的，辣油一律是朝天椒榨成的，香且辣，红红地搅在小料中，三两分钟，便涮得满头是汗。火锅看似方便，实则需要掌握一定的步骤和技巧。如牛羊肉要提前冻一下，再用刀子切，这样肉片如刨花一般薄且打卷儿。再如，下菜的顺序亦有讲究，不容易熟的肉类先下，蔬菜后下，这样菜熟了，肉也可以吃了。等汤沸菜熟，就迫不及待地口手并用，直吃得呲牙咧嘴、大汗淋漓。

吃火锅暖和又营养，还能获得一份其乐融融的美好心情。团团围坐在桌边的，也许是阔别多年的游子，也许是难得相聚的手足，也许是常常聚会的旧友，也许是刚刚结识的新交……对着热气腾腾的火锅，谈着热热闹闹的话题，你会情不自禁地感到人间美事不过尔尔。遇到寒风凛冽、小雪飘飘的天气，不吃上一顿火锅，都觉得对不起这天气。无论工作有多忙，我都会时不时地回家，陪父母亲吃上一次火锅，陪父亲喝两杯小酒，再佐以母亲自己腌制的韭菜花酱，愉快之情自不待言。

于我而言，吃火锅的氛围比吃什么都有趣，尤其是那份野味，那份酣畅，那份酒言酒语，真的是笑也真诚，骂亦干脆。我最喜欢街头巷尾那种有点破旧、味道却十分纯正的涮馆儿，那里更容易令人沉醉。此时，炭火充足，清汤翻滚，羊肉新鲜，二锅头凛冽，三五好友热络，不一会儿，就进入一种忘我的境界，获得一种真正的轻松和惬意，正所谓"铜炉沸水煮喧嚣，烈酒鲜羊座客豪"。

毫不夸张地说，吃火锅是寒天里吃饭最好的选择，飞禽走兽、河蚌鱼虾、农家蔬菜等全部在桌边集结，形成了中国人独特的饮食"群英会"。在寒冷的日子，家人相聚，朋友小酌，围坐在一起，开心地吃上一锅热气腾腾的火锅，便是人间一种极致享受吧。每个人的身子暖和了，心里亦是暖暖的，再冷的天也因为火锅而变得热气腾腾，快乐无限。

"围炉聚饮欢呼处，百味消融小釜中"，铜火锅就是这样让你胃口大开，欲罢不能！

·石拐磨·

一

把日子磨得芳香四溢

俗话说"靠山吃山，靠水吃水"，有山就有石，有石就有了以石制成的生活用具，如碓窝子、石磨、牛石槽、石碾等。石拐磨是缩小版的石磨，专门用来磨制辣椒酱、花椒面、豆浆等。石拐磨虽不是乡村人家必不可少之物，却也是重要的生活物件。有了它，简单、平凡的日子也就有了色彩，有了馨香。

石拐磨上下两层，由相互咬合的石头制成，磨上石头有手柄和喂料孔，磨下石头开凿出料盘和漏斗口，用手即可推动。"有钱能使鬼推磨"，这句俗语所说的，就是这种石拐磨。爷爷嗜辣，在过去相对贫瘠的日子里，一年四季、一日三餐全靠辣椒来解馋。为了能随时随地吃到辣椒酱，爷爷请人专门打制了这个石拐磨。听奶奶说，石拐磨打制好了以后，爷爷乐得不行，当天就让奶奶磨了一碗辣椒酱，给他解馋。

辣椒上磨之前，先将蒂去掉、洗净、晾干，再放入热水瓶中浸泡至半熟，捞出后，置于菜板上切碎，然后放入盆中，加少许开水，调拌均匀即可上磨。磨的时候，用手握住拐磨把，一圈一圈地转动，一边转动，一边把切碎的辣椒放入喂料孔。随着石拐磨的转动，鲜红的辣椒酱便滚滚流出，要不了多长时间，磨盘凹槽出口处的瓶瓶罐罐就装满了。看着那红红的辣椒酱，让人口水直流，恨不得赶紧蒸上一锅馒头，就着辣椒酱，狠狠地吃上一顿。

有了石拐磨，饭桌上的吃食也丰盛起来，母亲可做出诸多平日里很难吃到的吃食。每年收割豆子时，熟豆荚往往崩裂，豆子便掉到地上。一场雨过后，豆粒被水泡得鼓鼓的，爷爷没事常带着我去地里捡豆子。回到家，爷爷把这些豆子分成两半，一半让母亲磨豆浆或是做小豆腐吃。只见母亲一手把泡胀的黄豆连同清水放入石拐磨的料孔里，另一只手握住石磨的转柄旋转，小磨转得飞快，豆浆像乳汁一样汩汩流淌，飘出的香气很快灌满了老屋。磨出的豆浆，放入锅中煮开，就可以喝了，即使不加糖，亦无比香甜。

与豆浆相比，小豆腐复杂了许多。母亲先将豆浆添加适量的水烧沸，再加入秋天晒干的萝卜缨子、白菜叶烧煮，待水分蒸发到一定程度，放适量的盐，不断地翻炒，炒干即成。小豆腐色香味俱全，可当饭吃，亦可当菜吃。此外，石拐磨还可以磨玉米面、汤圆粉等等，每一样都是让人口齿留香的美味。对于我来说，石拐磨转动的是勤劳，是喜悦，是一道又一道的美味。

另一半胀豆子，爷爷喜欢放在锅里炒着吃。每一次，我心急得直往灶里续柴火。爷爷说："这不行，心急吃不了热豆腐，这样外皮煳了，里边还不熟，得慢火慢烘，炒出的豆子才又香又酥。"爷爷让我先出去玩，炒好了叫我。等我玩回来，爷爷早已等在家门口。他从兜里掏出一包炒好的豆子，我连忙抓起几个扔进嘴里，又香又酥。听爷爷说，慢火烘了大半天才好的。我往爷爷嘴里塞，他只吃几个就不吃了，一边看我吃，一边问我香不香。多年过去了，爷爷的炒豆子依然让我回味无穷。

　　后来回想起来，石拐磨的作用是无可替代的，它让那段相对贫瘠的青葱岁月充满了香甜的记忆。其实，无论是祖辈还是父辈，他们何尝不是石拐磨上面转动的磨盘？他们围绕着家这根轴，以全家的生计为半径，风雨兼程，默默地辛苦劳作着。哪怕遇到再多的苦、再多的难，只要他们的手足还能动，就会一直不停歇地为家付出和奉献，从没有叫过一声苦、一声累，而是将怨言、委屈深深地隐藏在内心最深处。

　　光阴如梭，当年专为人解馋的石拐磨，也逐渐销声匿迹了，随之消失的还有那些传统的味道。近来不知受何种风气的影响，石拐磨又流行了起来。我便将库房里的石拐磨翻了出来，洗去岁月沉积在它身上的灰尘。石拐磨又在母亲的手下旋转起来，有时候母亲一边教我女儿如何磨豆浆，一边和我们唠嗑。女儿看到乳白的液体汩汩地从石磨流出，喜不自胜，母亲的脸上则绽放着温馨、欣慰的笑，充满了无限的温情。

石拐磨，曾经把日子磨得芳香四溢的石拐磨，如今又重新转动了起来。石拐磨转起来了，锅里、碗里又盛满了馨香。

·月饼模子·

一

花好月圆人团圆

月饼是中秋必备的吃食，正如古人所言："八月十五谓中秋，民间以月饼相送，取团圆之意。"记忆里对中秋的盼望，其实是对月饼的期盼。小时候，每到中秋，奶奶就喜气洋洋地拿出月饼模子，忙着发面蒸月饼，有甜的，有咸的，有椒盐的……它们甜透了我的整个童年。

印象里，从中秋当天早上开始，奶奶就忙碌起来了。她先把花生、芝麻等炒熟碾碎，掺上红糖，撒上青红丝，再浇上香油，调成月饼馅，然后和面蒸月饼。月饼的模子有两种：一种为金鱼型，寓意年年有"余"，也算是一种美好的寄托，希望生活能够越来越富足；另一种是嫦娥奔月图案，婀娜多姿的嫦娥抱着玉兔站在宫门口翘首以望，旁边是枝繁叶茂的桂花树，那复杂的图案让人为之惊叹，我也惊讶于奶奶从哪里得来如此精美的月饼模子。

印好图案之后，月饼就可以上屉蒸了。很快香甜味就氤氲起来，弥漫了整个院子。奶奶蒸出的月饼圆滚滚、白亮亮，犹如新月一般诱人，总让我垂涎欲滴，即使现在回想起来，那份特有的香甜依然会穿越时空，一波一波地在心里荡漾。刚做出来的月饼是不能吃的，用奶奶的话来说，月饼只有到了晚上月圆时才能吃。好不容易熬到了晚上，奶奶在供桌上摆好月饼、石榴、苹果等供品，便开始庄重、虔诚地祭拜月亮。

　　我们小孩子也学着大人们的样子装模作样地祭拜，实际上心思早已跑到月饼上了。等烦琐的仪式进行完，奶奶便按人数切月饼，一人一块，象征着一家人永远团团圆圆。就这样，一家老小在圆月的夜色里，在院子边的石榴树下，或蹲或坐，一边吃自做的月饼，一边热热闹闹地闲聊。我则一边听奶奶讲嫦娥吴刚的故事，一边仰头去找寻月宫中朦胧的桂树和捣药的玉兔，那份想象的快乐令我至今难忘。

　　小时候生活在农村，平时想吃糕点之类的食品是奢望，只有中秋、春节时，才可以解解馋。记忆中的月饼，除去自家蒸的，商店里的也让我记忆犹新。它们被油水浸透的粗纸包着，方纸的中央印着红红的印戳，再用纸绳子捆起来系个十字扣。虽然包装简单，可是那又香、又酥、又甜的味道，对那个年代的小孩子有一种看不见的、不可压制的诱惑，让儿时的我无限向往。

　　最让我难以忘记的是五仁月饼，这种月饼里面有冰糖和青红丝。

吃到冰糖，有时候会含在嘴里慢慢化着，舍不得去咀嚼，不停地品着冰糖那透心的甜味；有时候会慢慢地小口咬着，听冰糖在嘴里"咔嚓咔嚓"地响，如同美妙的乐曲，享受着简简单单的美味。如果吃到颗粒较大的冰糖，那简直就像捡了个大便宜，能偷偷乐上好一会儿。至于青红丝，我至今也没弄清楚是什么做的，有一点儿酸酸的特别的味道，我常常把它们从月饼里抽出来，一根根放进嘴里，再细细咂巴着、咀嚼着……

后来，随着我进城读书、工作、成家，一家人坐在石榴树下话圆月的时光一去不复返了。幸运的是那两款别致的月饼模子被保存了下来，它们因为经过了时光的浸染，木色由浅变深，更有古色古香的质感。再后来，那种温馨浓郁的节日气氛也消失成久远的记忆。虽然每到中秋，大街小巷、店铺商场里摆满了花团锦簇、琳琅满目的月饼，到处弥漫着浓浓的中秋味，给人一种张开嘴就能碰到月饼的感觉。可是，吃月饼却渐渐成了节日里靠边站的点缀。

一年中秋，爱人突发奇想用那些月饼模子做了一次月饼，受到了全家人的欢迎。因为那些月饼模子的存在，我对中秋又重新多了一分期待。月饼模子用起来方便，只要在月饼上裹足了面粉，再轻轻地敲几下，月饼就脱落下来了。在我看来，敲打模子是一件美妙的事情，看着那造型精致、图案精美的月饼，有一种发自内心的成就感。月饼模子用完后的清洁也简单，只需用软布擦干，于阴凉处晾干即可。

后来，爱人不知从哪里又得了一款梅、兰、竹、菊四种图案的月饼模子，不仅寓意吉祥，而且印出来的花纹清晰，有种素净纯朴的美。爱人除了用那些模子做月饼外，还做南瓜糕、紫薯糕、绿豆糕等糕点。每次朋友收到糕点后，都有一种惊艳的感觉，毕竟这么精美的模子是不多见的，尤其是嫦娥奔月图案的月饼、糕点，让人舍不得吃，只想存放起来慢慢欣赏。

时间如水，每每看到那保存完好的精美的月饼模子，我总是情不自禁地怀念儿时过节的无限乐趣，总会想起儿时的月饼，仿佛那又酥又甜的记忆就在昨天，就在嘴边，因为那里有爱的味道、团聚的味道。虽然那种味道慢慢消散，只有在尘封的记忆里还有一丝丝甜味，我依然要慢慢咀嚼、品味……

· 擀面杖 ·

一

与面有关的日子

母亲是北方人，善做面食，如面条、饺子、包子、烙馍等，最拿手的是擀面条。我对母亲做的面食由衷的喜爱，百吃不厌，每一次都让我胃口大开。在我看来，没有比守着母亲吃碗面更温馨的生活了。母亲的擀面杖自然成了家里的宝，而且是可以不时发挥作用的宝。

母亲的擀面杖是那种又粗又长、等直径的大擀面杖，用自家的香椿木做成，光滑直顺，而且有一股子香椿的味道，最重要的是用了十年、二十年，也不生虫子。母亲擀面条，极具节奏感，一会儿撒面粉，一会儿用擀面杖把面皮卷住擀、再摊开。那根擀面杖在母亲的手里异常地灵活自如，只见它忽上忽下、忽左忽右，像变魔法一般。我在一旁看呆了，觉得母亲同那根擀面杖都有一种神力。

母亲的手擀面美味可口。小的时候，每逢过节、接亲待客，母亲总会擀面条，再用豆芽或大白菜作卤，最后磕上两个荷包蛋，味道好极了。有时母亲将玉米面或豆面和白面和在一起，擀杂粮面条，热气腾腾地配上炸酱或其他蔬菜，那味道让我现在想起还直流口水。正是因为母亲的手擀面，我童年的餐桌才有了色彩，有了幸福的回忆。

光阴流逝，母亲的青丝在擀面杖的翻飞中悄然变成了白发，我也开始离开家，外出求学，母亲的手擀面也就很难吃到了。每次回家，母亲总会不厌其烦地给我擀面条。再后来，随着母亲年龄的增长，擀面杖也被束之高阁了。除了我和女儿过生日，母亲很少甚至不再擀面条了。

有段时间，我遭遇了人生的低谷，天天闷闷不乐，陷入了从未有过的低沉，弄得整个家里也很压抑。爱人、女儿都小心翼翼的，生怕一不留神就让我火山爆发，现在想起那真是一段令我无比惭愧的日子。看到我这个牙好胃口也好的人竟连续两天不思茶饭，母亲什么也没说，但她的眼中充满了怜惜和心疼。

有一天中午，我下班，行尸走肉般地回到家中，发现母亲正在挥动那根擀面杖，对着我的是弯下的脊背和一头花白的头发。那一团揉得光滑的面，被母亲用家中久已不用的大擀面杖铺成了薄薄的圆圆的一片，然后轻轻地卷起，再然后是刀切过面和案板接触的很有节奏的声音。那声音一声跟着一声地传到耳边，虽然单调枯燥，却让我的心里潮涨潮落地满是情绪。

我知道，这是年迈的母亲在为我擀面条。我也发现母亲的体力已大不如前，她的额上布满了一层层的细汗。等到豆芽爆锅的香味四处弥漫时，等到年迈的母亲为我端上那碗香喷喷的手擀面时，我一时无语，不争气的眼泪在眼眶里直打转。母亲用慈爱中带有责备的目光望了我许久才说："吃吧，活着就要知足，比起以前，不是强多了吗？人这一辈子只要知足就够啦。"

望着母亲的点点白发，望着母亲爱怜的目光，望着眼前这碗香气四溢的手擀面，我忽然感到，在人生这条路上，我一直是个孩子，在母亲面前，我永远都没有长大。我曾以为读了许多书，取得了一些成绩，不免有些得意，其实就生活这本大书而言，我并未读懂多少。那个中午，在惭愧无言中，我连吃了两大碗面，这两大碗面如两碗酒，痛饮之后，我的心情如拨云见日般豁然开朗。

后来，每隔一段时间，母亲就不辞辛劳地擀上一顿面条。端上桌的面条还是从前的模样，可是那切面声听起来却微弱了许多，没有从前剁起来的板眼了。我忽然伤心地想起来：我吃了三十多年母亲擀的面条，母亲却在为我擀面条的匆忙中衰老了。每每端起那碗热气腾腾的手擀面，我越发感到这是让我的生活有滋有味的面，也会平添这样一种自信：在人生的路上，我会知足地工作着、生活着、爱着，不会再有饥饿感，让一切都简单、平和而从容。

如今，在家的厨房里，除了擀面条的大擀面杖，还有擀饺子皮的小擀面杖，以及烙烙馍的细擀面杖。每一根擀面杖，都有一个与生活息息相关的故事，都让我的生活充满阳光，收获满满的幸福与温馨。

· 咸菜坛 ·

—

民间味道的档案盒

咸菜是盐水泡出来的美味，也是乡里人必不可少的居家小菜，咸菜坛则是必不可少的生活物件。小时候，一日三餐都要靠咸菜下饭，或佐粥，或佐其他主食。若是没有了咸菜，日子好像缺少了点什么，会变得寡淡无味。如今，在屋子的一隅，还有当今少有的粗糙的坛坛罐罐。那些坛子曾泡出了让人垂涎三尺的美味，现在里面仿佛有一生可以回味的宝藏。

从我有记忆开始，餐桌上就一直没有缺少咸菜的身影。在幼时那段清苦的日子里，正是有了咸菜的陪伴，生活才有了可口的味道。在农村主妇看来，腌咸菜是一项最基本的生活技能。那时候，家家户户都有一口或几口用来腌制咸菜的缸或坛子，它们和锅碗瓢勺一样，是居家的生活必需品。

咸菜是根据季节的变换而变换的，春天可选择的余地比较少，只有香椿、青菜等寥寥几种，夏天和秋天可选择的腌菜就多了起来，夏天有辣椒、黄瓜、苦瓜、大蒜、洋姜等，秋天则以萝卜、白菜、雪里蕻、芥菜等为主。总之，缸里或坛子里，时时刻刻都有这样或那样的咸菜，随吃随取。

腌制咸菜可谓是一件壮观的事情，全家老少齐上阵，洗的洗，切的切，晾的晾，分工明确，如流水线上的作业一般有条不紊。母亲腌制咸菜的手艺了得，远近闻名。印象里，老家院子里除了一口缸外，还有十几个大大小小的坛子。那都是母亲用来腌制咸菜的工具，也是她用来改善生活的道具。每年秋冬，母亲像一只勤劳的蜜蜂，几乎每天都从早到晚忙个不停，洗菜、晒菜、装坛、撒盐、封坛……一道道烦琐的工序让她乐此不疲，乐在其中，美在其中。

腌制咸菜虽不需多高的技术，但要想腌制出味道可口的咸菜也必须得下一番功夫。为此，母亲定做了一个专门用来腌菜的棒槌。芥菜或白菜洗净、晒蔫后即可装坛，先在坛底撒一层盐，然后铺一层菜，用棒槌捣实后再撒一层盐，再铺一层菜……反复如此，直到坛子装满，最后压上腌菜石，用薄膜封好坛口，一坛菜就算腌制完成了。半个月后，就可以开坛享用了。有时候，咸菜放得久了，会抱怨母亲腌咸了，母亲就说："咸有咸的味道，吃粥配菜，本来就越咸越好。咸了下粥，你就可以少吃咸菜多喝粥。"

对于咸菜，我印象最深的是香椿头、萝卜干和雪里蕻。小时候，奶奶常在春末腌制香椿头。大缸里码着整整齐齐的香椿头，上面全是白花花的盐粒，抖去盐粒才能看到深绿色的椿芽，洗净了即可食用。洗净，切碎，淋上些麻油，就是一道爽口的小菜。奶奶喜欢用烙馍卷着香椿吃，或佐白米粥，或是作为面条的浇头，自有一股子的香甜滋味。

萝卜是腌制咸菜的重要菜蔬，秋冬时节，家家户户都要腌制一缸萝卜干。腌制萝卜干看似简单，要想腌好却不易，其中的分寸只有亲为者方能拿捏。萝卜本来是脆的，腌了之后则多了一分韧劲，刚中带柔，口感绝佳。萝卜干也是整个冬天必不可少的佐餐之物，在寒风凛冽的日子里，就着萝卜干喝上一碗白米粥，或小米粥，或红薯杂粮粥，那种美味，简直是欲罢不能。母亲喜欢腌制五香萝卜干，在萝卜干快腌制好时，用辣椒粉、五香粉揉搓，这样腌制出来的萝卜干可以直接食用，嚼起来麻辣又回香，撩人食欲。

相较于其他的腌菜，雪里蕻要炒熟了才好吃。无论是素炒，还是佐以肉丝，火候十分重要。火候不到，难除雪里蕻的涩辣；火候过了，雪里蕻就老了，嚼起来如同草根。高中住校时，每次去学校前，母亲都会给我准备一饭盒炒雪里蕻。母亲炒的时候，放了好多油，吃起来口齿留香。母亲的炒咸菜是高中时代最温暖的记忆。那时，同学们都会从家里带上这样那样的咸菜，大家彼此共享，虽不是饕餮大餐，但依旧是香喷喷的，依旧是无比诱人的。

时光改变了很多事，有些事却因为时光的流逝而历久弥新，关于咸菜的记忆亦是如此。现在超市里也有很多花样繁多的腌菜，如八宝菜、橄榄菜、乳黄瓜等等，可我还是喜欢自家腌制的咸菜。秋风渐起时，母亲依然会用那些老旧的坛子，为我们腌制一些咸菜，萝卜条、糖醋蒜、雪里蕻等。吃着母亲腌的咸菜，浓浓的亲情顿时弥漫了心扉，那咸咸酸酸的味儿让我永远也忘不了，让我仿佛又回到了老家，回到了过去。

· 磨刀石 ·

一

打磨走的似水流年

　　磨刀石曾是乡村生活必不可少的物件，在家家户户的院子里都能看到它的身影。在那或宽或窄的石面上，在那"呜哧呜哧"的磨刀声中，光阴不知不觉就年复一年地老去了。如今，打磨走了无数春去秋来的磨刀石也渐渐老去了，只能孤独地、静静地守在房屋的一隅，无声地诉说着曾经的似水流年。

　　在那个贫瘠的年月，平常人家过日子，镰刀、斧头、剪刀、菜刀等铁制品是少不了的。用的次数多了，它们免不了钝了，或者长时间不用免不了要生锈，这就少不了要用到磨刀石。家里的磨刀石是一块长方形的青条石，比砖头略窄、略长，上面光滑如镜，下面略显粗糙。由于长年使用，到后来中间都被磨得凹了下去，像岁月勾画出的曲线。

　　对于父母亲那样的农村人来说，磨刀似乎天生就会，也舍得花力气，经常见父亲母亲磨镰刀或是菜刀什么的。印象最深的是父亲，他的动作麻利、熟练、有力。他用手腕轻轻压住刀背，刀身与磨石倾斜，来回磨那刀刃，神情专注又慢条斯理。在他的身旁放着一盆清水，不时泼点水在石头上，"嚓嚓嚓，嚓嚓嚓"，约莫几分钟后一切就搞定了。只见父亲用手指在刀刃上试探，看那刃口有无反口，以此来判断刀的锋利程度。

小时候，我对磨刀石又爱又恨。爱它的时候是母亲用来磨菜刀的时候，恨它的时候是父亲用来磨镰刀的时候。当时生活较为贫乏，平时多以蔬菜果腹，只有过年过节，或是家里来了客人，才可以吃到肉。切肉前，母亲都要用磨刀石把菜刀磨一下，否则切起肉来费力气。只要一看到母亲拿起磨刀石，我就不由得兴奋起来，因为那预示着很快就可以享受到一顿美滋滋的大餐了。

每当见父亲拿起磨刀石，我则明白了即将进入农忙时节。那时，没有收割机，所有的农活都借助镰刀、锄头之类完成，尤其是割麦子、大豆、稻谷等，都少不了镰刀的身影。所以，镰刀的锋利与否至关重要，一把锋利的镰刀能节省不少的时间，也能节省不少的力气，就像俗话所说的"磨刀不误砍柴工"。每到农忙时节，父亲就早早地起来磨镰刀。大大小小的镰刀一字排开，像列队在大地上等待检阅的士兵。当我睡意蒙蒙地从床上爬起来的时候，父亲已经下地了，只留下几把锃亮的镰刀在晨光下熠熠发光。

除去自家的磨刀石，村子里还有走街串巷的"磨剪子来——戗菜刀"的师傅。他们是未见其人先闻其声，老远就能听到那抑扬顿挫的吆喝声。这时候，年迈的奶奶，村子里的婶婶、大娘们，就从针线篓里翻出几把半新不旧的剪刀或是从案板上拿起钝菜刀，抑或是其他需要打磨的家什。磨刀师傅的工具也非常简单：一个长条凳子、一块厚厚的磨刀石、一只小水桶、一副砂轮。每次师傅来的时候，我都会在一旁好奇地看着。只见师傅用手捏着菜刀或剪刀的柄，在砂轮上淋点水，就开始磨起来。随着砂轮的转动，锈迹斑斑的剪刀或菜刀逐渐锃亮起来。

无论是磨剪子还是戗菜刀都有讲究，看似简单，实则是一项技术活。戗菜刀要先看刀口，钢是软还是硬，硬的要用砂轮打，软的用戗刀戗，完了再用磨刀石磨。一把磨得好的刀，刀口是一条直线；否则刀磨不光亮，亦不锋利。相比而言，磨剪刀更是一件不容易的事儿，因为剪刀有四个刀面，磨的时候要注意上下左右的均匀，否则会导致刀面不合拢，用起来不得力。剪刀磨好后，还要把剪刀的铆钉敲紧，然后用废布条来试剪一下，看看是否锋利。

生活日新月异，镰刀、斧头、锄头等农具却逐渐消失在日常生活中，取而代之的是现代化的收割机、脱粒机。后来，菜刀、剪刀也很少有人再去磨了，钝了、锈了，就换把新的。磨刀石连同"磨剪子来——戗菜刀"这个一度极其平常却又与人们日常生活息息相关的吆喝声，一起退出了历史的舞台，成为似水流年里一个带有美好回忆的符号。

如今，那块中间已经凹了下去的磨刀石也失去了其原有的作用。我不忍心丢弃它，便将其放至书房里，当作镇纸使用，也算是物尽其用。逢年过节时，父母亲来家小住，总嫌菜刀不锋利，用起来不顺手，则又把磨刀石找出来，一边磨，一边还念叨着："刀都钝成这样了，不磨咋用啊？"那神情是无比的怀念，也有一丝丝的落寞。

　　磨刀石老去了，父母也在不断地磨砺中渐渐老去了。我们最终也会像它一样布满岁月勾画的曲线，可是它毕竟真实地存在过，我们也曾真实地生活过，这可能就是生命的意义吧！

·瓦·

—

雨中美人眼睑低垂忆光阴

瓦屋在家乡曾随处可见，如一棵树或一株草那样随遇而安。无论是青瓦还是红瓦，都代表着家的味道，都能生出家的温馨。那时候，家家留有屋檐，我也因此度过了幸福快乐的童年及少年时光。如今，瓦成了一个尘封的记忆。可是每每想起来，仍让我魂牵梦绕、念念不忘。

泥土做成的瓦，除了固有的坚强，也有几分柔情、几分风韵。那一层层、一排排的瓦笔走龙蛇般自在坦荡、浑然天成，犹如鱼鳞般绵密，也似刺绣般精巧细腻。瓦顶更具镶嵌之美，那是一种首尾相连、层峦叠嶂的牵连，那是一种细密繁复、环环相扣的排列。傍晚时分，望着房顶的瓦，总让人不由得沉醉于"月上西山乔瓦，霜也喧哗，雪也喧哗"的意境之中。

瓦的烧制并不复杂，关键是制作瓦的泥土很讲究，那是一种不

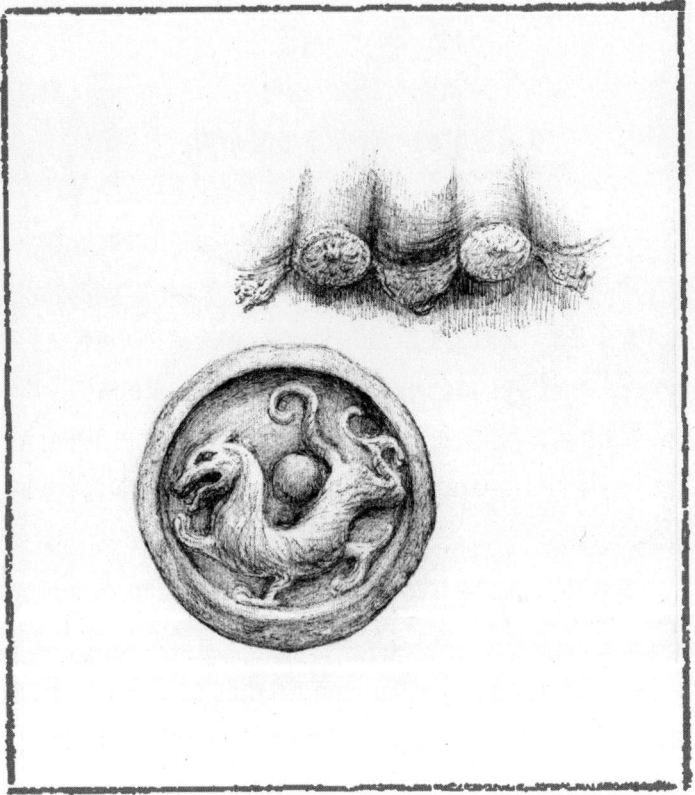

含沙子、富有黏性的土。当年在我上中学的路上，有一个很大的瓦窑，从很远处就能看到烟囱里冒出的青烟，它们在蔚蓝色的天空中氤氲着，飘荡着。每次从瓦窑前经过，我都会好奇地在瓦窑门口瞄上几眼。放眼望去，瓦窑里面十分宽敞，院子里层层叠叠地堆放着刚出窑的瓦片，它们在阳光的照射下，熠熠发光，美观，耐看。

瓦是没有生命的，可是瓦上瓦下却是有生命的。在瓦上生活的叫瓦松，也叫天蓬草、瓦莲草。每逢夏季来临，青苔与天蓬草便都挤在屋檐上，它们不用浇水，不怕风吹雨打，顽强地生活在瓦楞的缝隙间，给瓦增添了梦幻般的色彩。夏季的一场雨过后，它们便愈发青翠葳蕤了。瓦的下面，常常栖息着燕子、麻雀等乡村常见的鸟儿，它们天天不知疲倦地飞来飞去，叽叽喳喳，让安静的乡村因此变得热闹起来，灵动起来。

屋檐下也是孩子们呼朋结伴、尽情嬉戏玩耍的地方，老鹰捉小鸡、躲猫猫、骑竹马、跳房子、踢毽子、跳绳……每一个简单的游戏都被不厌其烦地上演着，我们也丝毫不会感到单调与枯燥。到了雪天，瓦屋成了童话里的雪房子，檐下挂满了长短不一的冰锥。我堆雪人、打雪仗的同时，会把那些冰锥打下来，或当作兵器，或当作美味放进嘴里，只听见嚼得"咯吱咯吱"响，那份乐趣是其他东西不能比拟的。

此外，屋檐下也是平常人家晾晒衣被、晒制酱料和咸菜的地方。奶奶喜欢做酱、腌咸菜、晒盐豆，一盆盆、一钵钵、一缸缸，大大小小、整整齐齐地摆在屋檐下，借助伏天太阳的热力晒制，有时常有苍蝇光顾，抑或阵雨袭击，奶奶总是很辛苦地加以照料。精心保护一个暑天后，那些各色的酱、咸菜，便冒出了成熟的香味。当满院酱香飘溢时，即可享用、收藏、分赠给亲朋好友了。

到了冬天，屋檐下、院子里有些萧条了，若是天气晴好的日子，大人小孩都喜欢在屋檐下晒太阳。那悬在头顶的太阳、直洒下来的阳光、坐晒暖阳的人，以及挂在屋檐下的玉米、辣椒、大蒜、竹篮，共同构成了一种既清晰又遥远的背景，让人想到世俗日子淡而清甜的滋味，给人一种细部的真实的美，以及那种真实所带来的微妙而又深邃的情感。

等到了"少年不识愁滋味，爱上层楼"的年龄，对那些屋瓦更有兴趣了。落雨的时候，那些瓦便成了眼睑低垂的雨中美人。雨滴敲在瓦片上，"叮叮当当"脆生生地响，像一支曼妙无比的乐曲，弥漫、氤氲了整个村庄。雨水顺着瓦沟流下来，在房屋的檐口上，形成一挂宽宽的雨瀑，生动而迷人。我喜欢立在窗前，透过雨帘，遥想着远方。母亲好在檐下放一木桶，让雨水流进桶里，那是母亲喜欢的天水，用来烧饭、洗衣，喂养鸡、鸭、猪、狗。

光阴飞逝，乡村的瓦几乎成了一种奢侈品，愈来愈稀缺了，取而代之的是钢筋水泥等新型建筑材料。再后来，城市化的步伐用不可阻挡的气势吞噬了带着泥土厚重味的院落，也吞噬了那些如美人般靓丽的瓦片。老宅拆迁时，我请负责拆除的师傅从屋顶揭下了百余片瓦,将它们镶嵌在城里房子的小花园里。在我看来,一片瓦,就是一段历史,就是一片浓得化不开的乡愁。

"屋头青瓦是谁家?"纵使瓦逐渐淡出我们的视野,那记载着前世风雨的故园依然清晰,依然是我们永远的家。望着它们,我的灵魂好像置身于澄明如水的气氛里,沉浸在迷蒙而又温暖的睡意之中。

·木窗棂·

—

倚窗远眺心自闲

    窗子是一种独特的存在，只要有房屋，就有门和窗，我们现在看到的多是铝合金门窗，曾经独具韵味的木窗正在逐渐消逝。在客厅的一隅，镶嵌着几扇历经岁月风雨侵蚀的木窗，上面雕满了花纹，透出一种深邃幽然的历史气息，让我总是情不自禁回想起那渐渐远去的木窗年代。

    小时候，老家的房屋都是木窗，最吸引人的是木窗的图形和各种各样的窗格子，它们能带给我无限的遐想。在不同的房间，在不同的地方，木窗的设计也不同，别具一格的设计让窗的图形和窗格具有了灵性。匠人用他们的心在木窗上雕琢着不同的图案，有花花草草，有各种动物，有戏曲人物，唯一相同的是图形都栩栩如生，给人以美的享受。

    记忆里，老家的窗棂是用木条隔成的小方格图案，窗格的下方是象征着一年四季的梅、兰、竹、菊，梅的虬曲、兰的清幽、竹的挺拔、菊的绽放，都颇具神韵。每个方格大约有半个火柴盒大，采光、通风都极好。夏日微风挟着凉爽从前窗进入，带着暑热带着闷气从后窗走出。冬天阳光倾泻进来，随着窗的摇动，光影或深或浅，浮尘在斜斜的光柱中起舞，略略潮湿的地面被烘烤出一种暖意。

在我房间的木窗下面，摆放着一张窄窄的条桌，有时读书写字，有时什么都不做，就那么枯坐或伫立，透过窗子可以安静地看看寻常人家的烟火生活。窗外有棵高大的槐树，每到夏天，枝叶茂盛，浓荫如伞，粗壮的树丫上经常闪现着鸟儿的灵动身影。有时我还在熟睡，窗外的鸟鸣声就把我从梦中唤醒。那些鸟声透着细瓷的质感清清泠泠地穿窗而过，清脆地落在我的枕边，悦耳动人。

小窗棂，大世界。窗棂是房子的眼睛，它巧妙地镶嵌了四时变化之景。当暖暖的春风吹过，有燕子呢喃飞过，杏花、桃花、梨花相继开满枝头。柳枝也软了起来，折上一枝柳条，左拧右旋，再抽去内芯，一支柳笛就做成了，"呜里哇啦"响成一片。夏天和秋天是村庄的黄金时代，浓荫匝地、蝉鸣虫嘶、瓜果遍地、人欢马叫，此时的村庄像一个丰满的少妇，在灿灿的阳光下烂漫着灼烁的丰姿。到了冬天，更是热闹不已，尤其是小孩子们，不知疲倦地嬉闹玩耍，那是让人无比怀念的无忧时光。

印象最深的，是奶奶喜欢坐在木窗前梳头。奶奶的梳妆盒前摆着一瓶头油，但她总舍不得用，逢上喜庆的日子或者走亲戚，才抹上一点。她花白的头发总是梳得整齐光滑。白天，一缕缕阳光从木窗格子里洒进来，照在梳妆盒上。奶奶端坐在梳妆台前，穿着自己织的棉布衣服，领口盘着好看的布扣子，或梳头，或穿针引线缝补纳鞋。那时，我总是和小伙伴在木窗外做游戏，奶奶在窗前的一举一动都深深刻在我的记忆里。

在我看来，窗棂，尤其是木窗棂，充满着浓浓的人情味，它把人与天地相连，窗中的人与窗外的景因它而变得十分微妙。古人对窗子是非常有感情的，尤其是读书人，冬季喜在南窗下读书、睡觉，夏季喜在北窗下纳凉。归隐南山的陶渊明曾说："夏月虚闲，高卧北窗之下，清风飒至，自谓羲皇上人。"在睡觉与读书之外，倚窗远眺，有心之人可以透过窗棂发现另一番天地。

长大后，读到了很多关于窗棂的诗文，如"窗含西岭千秋雪，门泊东吴万里船"，是杜子美的恬淡从容；"梳洗罢，独倚望江楼，过尽千帆皆不是，斜晖脉脉水悠悠"，是闺中女子的相思；"独自莫凭栏，无限江山，别时容易见时难"，却又是落魄帝王的哀叹。记得最深的是李渔的小说《合影楼》，一对小儿女隔池倚栏，影入池中，因而对影互怜，彼此爱慕，终于结成眷属。默默的窗棂，静静的人影，谁知道流动多少诗意，酝酿多少传奇。

木窗棂就是一个个镜头，在岁月的流逝中，收藏着一个又一个乡村画面。原色的木窗，也总是令人想起一些朴素的人、朴素的事、朴素的情感，如同木的本质一样朴素。对于我来说，木窗里有一个遥远的世界，潜藏着孩提时欢乐的时光。每当回想起来，总觉得有一个老人在向我娓娓地讲述悠远悠长的旧梦，既令人惆怅又令人无限向往。

·门环·

—

敲打着回家的心扉

门环是门上的拉手，其作用等同于现在的门铃，不过比门铃多了一分风情。门环记录了寻常百姓的生活，寻常百姓的故事，亦记录了寻常人间的喜怒悲欢和人世的历史变迁，不时地敲打着一颗又一颗渴望回家的心。

门是家的脸面，所以又被称为"门脸"。小时候，无论条件咋样，村里人在修建新房时，都要把大门修得无比气派。门环则是门的脸面，往往被制作得精美讲究，给宅院增色不少。村子里的门环多是铜质或铁质的，因图饰的差异、工艺的精劣，亦各有特色。普通人家的门环样式简洁，通常为圆形，被称为"太阳门环"，意味着家家户户开门吉祥；生意人家喜欢花盆形状的门环，寓意能发家致富。

老宅的门环是那种最普通、使用最广泛的圆形门环，像一个小太阳，但是外沿却让师傅镂出如意纹和蝙蝠图形。虽没有兽头门环的威严，亦没有花盆门环的精美，却不乏朴素的美。门环是铜做的，经过长年的风吹日晒，被包裹上了一层时间的印记，只有手触的地方，铜的本色才显现出来。老门环是生活的见证，亲朋好友敲打过它，远亲近邻敲打过它，家里的老老少少也敲打过它。面对它，仿佛面对一位老人，阅历丰富又平实可亲。

大门的旁边有一块青条石，削得极为平整，棱角处被磨得圆滑。奶奶喜欢坐在青条石上，或是拿个塑料盆摘豆角、剥毛豆、削土豆，或是拿个箩筐缝缝补补，还不忘与左邻右舍的姑婶们闲话家常。青条石，不仅大人喜欢，孩子也是极爱的。我和小伙伴时常坐在条石上，盘起腿，玩跳棋、斗草、摔泥炮、掰手腕等游戏。虽然简单，却玩得不亦乐乎，甚至可以说是忘乎所以。

外出旅行，尤其是去那些古镇、古村落，我都会忍不住寻觅老门环的身影。在山西、皖南的古村落以及北京的老胡同，随处可见诸多经历风霜的老门环，有的甚至可以追溯到明清时期。那些门环在时光的打磨下，使得"亮"成为形容它的唯一词汇，叩响它就像在聆听着一个个久远而传奇的故事。有一次，我实在禁不住诱惑，敲响了一位老乡家的老门环，并在他家里吃了午饭。白米饭晶莹剔透，果蔬鲜美爽口，我的齿颊间至今还留有余鲜，让我经久难忘。

印象最深的是丽江古城，在巷子的深处有许多幽静的旧宅，它们大抵都有红漆的门楣，黑漆的大门上挂着黄铜的门环。门环在木门脸上烙下了一个个深深的酒窝，酒窝里盛满了时间，盛满了故事，

醉倒了门里门外的人。在屋檐下的石阶旁，常常有相围而坐，悠闲地晒着太阳、打着瞌睡的老人。他们和身后铜锈斑斑的门环，以及早已磨得凹下去的石门槛，似乎在诉说着曾经发生的生生死死的故事，让我深感宁静与安详。

时光在老去，老门环在渐渐远去。搬至新房后，门铃经常要换电池，有时候甚至听不到，于是便将从前老宅的门环装了上去。每次回来，我都会不急不缓地敲上四下。令我奇怪的是家人的反应，不管早早晚晚，只要不多不少地敲四下，无论谁在家，都会立刻为我打开屋门。开始我也未太留意，渐渐地便不免奇怪起来，按照惯例，听到敲门声，应该问问来者的姓名，为什么问都不问就开门呢？

我曾拿这个问题问女儿，她说这是秘密。我决定要验证一下，那天下班后，我轻手轻脚地上楼，然后胡乱地敲了几下，等了等，没人答应。又敲了几下，听见屋里有些响动，以为门要开了，却不料从门里飞出了女儿的声音："找谁啊？"我的心一动，怎么换一种敲法就敲不开门了？进屋之后，女儿问我今天咋的啦。当知道我是故意开玩笑的，女儿笑着给我示范，她学着我的样子在茶几上敲了四下，看了看我，然后解释说："笃笃笃笃，意思就是'我回来了'！"

得知原因后，我不禁莞尔。我之所以这样敲门，纯粹是无意识的。小时候，爷爷卖菜经常晚回家，每次回来，都会使劲地敲四下门环，要不然屋里的人根本听不到。时间久了，我便不由得记住了爷爷的敲门声。如今，爷爷已经逝去了，可是他的敲门声却被我延续了下来。我亦没想到，一个下意识的举动，在家人那里竟然有了这么浓烈的浪漫色彩。我告诫自己，今生今世，永远以这种方式轻叩家门——笃笃笃笃，我回来了……

岁月如白驹过隙，时光依旧温暖。门环虽发生着变化，或转换成另外一种方式，但不管如何变化，它都是家的象征，都需要我们用心轻叩，永远以家为营，收获家的温暖与幸福。

·缝纫机·

—

艰苦岁月的调色板

提起缝纫机，许多人已经很陌生了，可是当年，它却和自行车、手表并称为"三大件"，让寻常人家的生活变得精彩了许多。家里至今还有一台飞人牌的缝纫机，是母亲结婚时的嫁妆。虽已光荣"退休"，母亲却舍不得把它卖掉。每隔一段时间，母亲就会把它打开来，擦拭一番，那小心翼翼的神情，像擦拭一件宝贝。

当年，那台缝纫机在家里那些古朴的家具中间算得上是一个时髦的洋机器，它工作时发出的"咔咔咔咔"的声音，像美妙的歌声一样悦耳。那台缝纫机是母亲的亲密伙伴，是她缝补日子的道具，也是给贫穷简单的日子增添色彩的调色板。刚开始，母亲用它缝补破旧的衣物，或缝制简单的套袖、鞋垫之类。后来母亲开始自己裁剪被罩、窗帘，银针在明亮的阳光下闪光，像一只飞舞的小蜜蜂，看得我眼花缭乱。

除了给家里人缝缝补补，母亲也会从村里或工厂里接些针线活，以补贴家用。夜深人静时，母亲伏在缝纫机前干活儿，灯光把她的身影投在墙上，我伴随着缝纫机"咔咔咔咔"的声音进入梦乡。有时从睡梦中醒来，睡眼蒙眬中，看见昏黄的灯光下，母亲仍坐在缝纫机前踩动踏板，那"咔咔"的声音听起来甚是亲切，轻轻地将我唤醒，又把我送入梦乡。

　　每当母亲坐在缝纫机前，她的脸上就会绽开幸福的微笑。缝纫机前的母亲非常好看，有最漂亮的姿态和神情。她双脚踩在踏板上准备好，手轻轻地拨动一下机头上的轮子，脚就开始前一下后一下地蹬踏板，动作娴熟，挥洒自如，不急不躁，膝盖上的布料随着膝盖一下一下地飘；她的右手拽着布料往前走，左手却轻抚着往后抻，手臂像拉着琴弓自如地伸缩，那专注的神情完全是一副自我陶醉的样子。

　　小时候，常常看着缝纫机前的母亲出神。缝纫机旁有张小木床，没事的时候我就趴在床上看那轮子飞转。轮子的中间有一个圆圆的明亮的轴柄，看得我眼花，有时忍不住用手指在上面触碰下，总会引起母亲的呵斥："小心点，绞到手指可了不得！"我赶紧把手缩回来。缝纫机像母亲的左右手，有了它，可以减轻母亲不少的辛劳，同时也解决了一家人衣食住行中的一大难题。

　　母亲的缝纫机只能进行简单的缝补，若需要做新衣，就要去村子里的裁缝铺子。第一次去时，我很好奇，眼睛四处瞅。铺子不大，一进门是一块又长又宽的木案板，上面摆放着剪刀、熨斗、尺子和画线用的粉笔等工具，同时摆放着半成品衣服、碎布头子以及别人送来的整整齐齐的布料。由于长时间的摩擦，木案板变得十分光滑，像是一件老旧的古董。

母亲进屋之后将布料放到案板上，在和裁缝师傅进行了简短的交流后，师傅拿着尺子在我的身上量了起来。一边量，一边指挥我配合："站直了，挺胸，昂头。"母亲则在一旁念叨着："放长一些，放松一些。"师傅也不回话，一边量，一边在小本子上记。量好之后，才打趣母亲说："放心吧，至少穿上个三年不显短、不显窄。"母亲这才放心地笑了笑。

一天天一年年，日子就这样在母亲缝纫机的"咔咔咔咔"声中流走了，这声音是一种独特的歌声，陪伴着我长大成人。那台缝纫机在我童年的岁月里，为补贴家用起到了很大的作用。母亲用它为一家人的生活打上了合适的补丁，战胜了生活境遇里的贫乏与窘迫，亦为我缝制了值得感恩和惦念的生活，让那段青涩的岁月少了一些落寞，多了一些福佑。

时光匆匆，人们逐渐告别了"新三年，旧三年，缝缝补补又三年"的年代，也很少再去裁缝铺子做衣服，取而代之的是各式各样款式新颖的成衣。缝纫机和裁缝铺子慢慢地从人们的生活中功成身退。随着母亲年龄的增长，特别是母亲眼花了之后，家中那台缝纫机也跟着休息了，陈旧的机身多了一分沧桑的味道，犹如一壶陈年的老酒，让人沉醉。

时光流逝，世事更迭。那台伴随母亲走过了三十多年光阴的缝纫机，只能静静地安放在家的角落里，却成了我记忆深处一份最珍贵的收藏。每每看见它，那些美好的回忆会像潮水般从我的脑海中奔涌而出。

· 鞋拔子 ·

—

逝去的老习俗提携了旧时光

鞋拔子是穿鞋时的一种辅助用具，形似"牛舌"，表面光滑，使用时，脚掌伸入鞋内，将鞋拔子插入鞋后跟，脚顺势蹬入，即可轻易快速地把鞋子穿好，然后将鞋拔子抽出，方便有效。时至今日，鞋拔子这种以前随时用的物件逐渐失去了它的实用功能，成为一种独特的工艺品，勾起某种难忘的记忆。

对于鞋拔子，我是不陌生的。最早接触的鞋拔子，是奶奶出嫁时的陪嫁品，整个鞋拔子包浆圆润，顶端是一朵绽放的莲花，雕刻精美、生动。小时候脚上穿的多是奶奶做的布鞋，新做的布鞋穿起来总是偏紧，穿鞋时常常要使用鞋拔子。奶奶把鞋拔子的前端插进鞋跟内侧，然后用力一提，鞋子就穿上脚了。奶奶一边帮我提鞋，一边念叨着："等你长大了，奶奶老了，连鞋都提不起来了，怎么办啊？"

每一次，我都会说："等奶奶老了，我给奶奶提鞋，还要给奶奶做好多好多好吃的，天天炖肉。"在儿时的印象里，能天天吃肉就是一种莫大的幸福。奶奶听了，布满皱纹的脸上荡出幸福的微笑。没事的时候，我缠着奶奶讲她年轻时的事情。听奶奶讲，这枚鞋拔子，她出嫁之前就开始用了，少说也有一个世纪了。这枚鞋拔子的最珍贵之处，在于每次看见它，我便想起对我宠爱有加的奶奶。

　　奶奶做的布鞋就是人们常说的"千层底"。不了解的人，可能认为做布鞋是件很简单的事情，无非是纳个鞋底、做个鞋面。其实，做布鞋是一项极其细致烦琐的活儿，从鞋面到鞋底要经过许多道工序，如剪鞋样、糊布壳、拧绳子、纳鞋底……每一道工序都有讲究。奶奶做起鞋来却不厌其烦，每一道工序都一丝不苟，精益求精，像在制作一件工艺品。

　　奶奶做出的布鞋，异常美观，白净的鞋底，精致的鞋面和鞋袢，让人赏心悦目，用奶奶自己的话来说是"刮净"。除去美观，奶奶做的布鞋柔软、轻便，并且透气、不磨脚，穿在脚上无比舒适。她的儿孙辈都是穿着她的千层底长大的。每一块布，每一针线，每一抹浆糊，每一滴汗，都凝结着奶奶的心血。她将对儿孙的关心、叮咛、担忧、宠爱，都一一纳进了鞋里。

　　不知从什么时候开始，我不再穿奶奶做的千层底了，那枚鞋拔子也就自然而然地失去了它的功能。可是它并没有被我遗忘，我时不时地拿出来，拭去铜绿，让它又泛出本来的光芒。这个鞋拔子并不是什么值钱的古玩，于我却是非常非常珍贵的物品，它经过了岁月的抚摸，记载的是一代又一代生命和爱的延续。

旧时民间，无论男女都穿布鞋，所以鞋拔子是不可缺少的，差不多家家户户都要用到它。听奶奶讲，鞋拔子是姑娘出嫁时必备的陪嫁品。除去其实用性，还蕴含着诸多寓意。就鞋拔子的发音来说，寓意着"拔除邪恶"。正是这种"驱邪、镇邪、祛邪"的心理，鞋拔子成为一种吉祥物，承载了老百姓寄托的和谐、拔邪、提携等多重愿望。为此，各式各样的鞋拔子才不会因物小而粗作，才会那么精美、富丽、高雅。

出于喜爱之情，我开始留意它的身影，陆续求得了十多枚做工考究、纹饰精美的鞋拔子。它们多为旧物，上面有当时生产商的名号，且图案、纹饰花样繁多，有的刻有观赏价值较高的福禄寿喜、龙凤呈祥等图案，有的刻着四季平安、花开富贵、年年有余等文字，通俗易读、寓意美好。一枚小小的鞋拔子，竟会让人如此的"煞费苦心"。

闲暇之余，我也从诸多历史文献的记载中去寻觅鞋拔子的踪迹，琢磨起它所记录着的文化和历史。在《金瓶梅》中，鞋拔子被称为"鞋拽靶儿"。在《红楼梦》中，也有关于鞋拔子的谜语。清楚地记述鞋拔子的是清代的李光庭，他在《乡言解颐》中说："世之角，牛者为用多矣。而其因材制器，审曲面执，以成其巧者，莫鞋拔若也。"我曾得到一枚很有意思的鞋拔子，上面刻有青莲、双鱼图案及"清正廉洁"字样，好像在时时提醒为官者只有像青莲那样出淤泥而不染，清廉正直，才能得到"提携""提拔"，进而步步高升。

随着鞋业的高速发展，特别是皮鞋、高跟鞋的风靡，老鞋拔的踪影已难以寻觅了。不要说玉石、玛瑙等贵重材质的鞋拔子，就连曾经普遍的铜制、铁制的也不常见了。鞋店里能见到的多是塑料压制而成的鞋拔子，呆板，生硬，没有一丝一毫的美感，也没有一丝一毫的吸引力，让人不得不感叹时光的无情。

鞋拔子，一个普普通通的提鞋物件，亦曾经提携了旧光阴、旧习俗。如今，在历经时光的磨砺和冲刷后，它们又焕发了妙趣横生的美感，成为供人缅怀时光的独特物品，也希望它们永远是时空隧道里一道独特的风景。

· 汤婆子 ·

—

暖化了数不尽的寒冬

　　汤婆子是旧时百姓家里冬天最常见的取暖用品，因其如同婆婆般的贴心，故称"汤婆子"。汤婆子实际上是一种扁的汤壶，装满滚烫的热水，可暖手，晚上放进被窝里可暖脚，十分舒服。北宋诗人黄庭坚曾将它比作善解人意的小姬："小姬暖足卧，或能起心兵。千金买脚婆，夜夜睡天明。"

　　幼时，冬天好像比现在要冷，动不动就滴水成冰，无论大人还是小孩，都手脚冰凉。为此，母亲到卫生院找来些盐水瓶，晚上装满热水后用毛巾包起来，放到被子里暖脚。可是盐水瓶的保温时间短，若是直接把脚搁在上面，容易烫伤。后来，有了暖水袋，但若是盖子拧得不紧，容易漏水。再后来，父亲从外面捎回来两个又保温又安全又耐用的汤婆子，让我很是高兴了一番。

　　父亲买回来的汤婆子用纯铜做成，扁扁胖胖的像一个椭圆的南

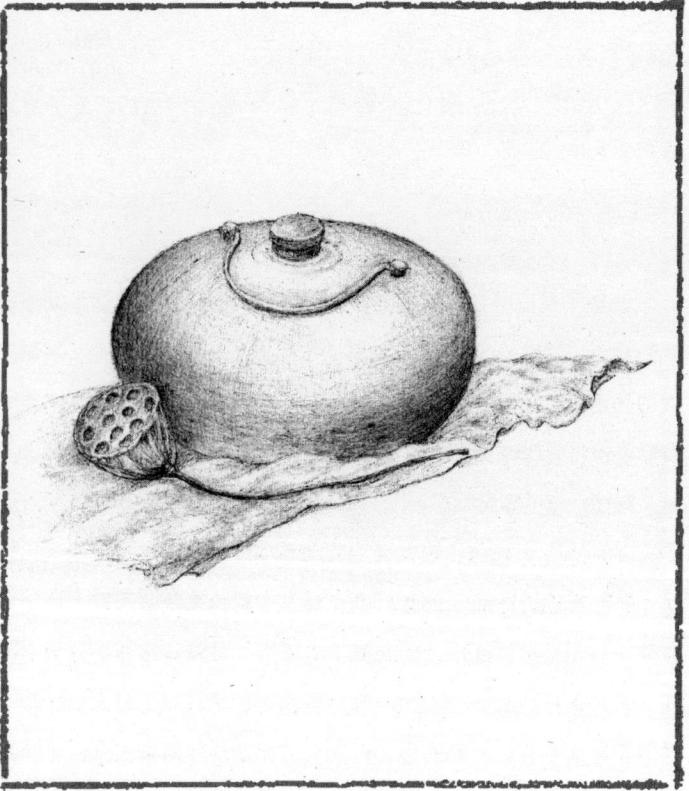

瓜，憨态可掬。精巧的铜丝提把，散发着古典的黄铜质感。表面衬着一些简单的阴刻花纹，很是不凡。铜壶上方开有一个带螺帽的口子，热水可以从这个口子灌进去。灌足了开水，旋好螺帽，以防渗漏。为使用方便，母亲做了一个布套，笼在汤婆子上面，如此既不会烫伤腿脚，又可延长壶内热水的续温时间。

自从有了它，我就再也没有叫过冷了，这暖烘烘的汤婆子给我带来了无限的温暖。年迈的奶奶，更是乐得不得了，汤婆子成了她冬天的好伙伴，白天暖手，晚上暖脚，早上洗脸，一举三得，方便又实用！可以想象，在西北风狂吹的寒冷夜里，在被窝里放上一个热热的汤婆子，一整夜都是热乎乎的，其中的惬意只有亲自用过了才能体会到。

汤婆子是一种古物，宋时即已出现，民间称"锡夫人""汤媪""脚婆"等。苏轼在写给朋友的信里曾提及："送暖脚铜缶一枚。每夜热汤注满，密塞其口，仍以布单裹之，可以达旦不冷也。"范成大亦留下了《戏赠脚婆》诗："日满东窗照被堆，宿窗犹自暖如煨。尺三汗脚君休笑，曾踏靴霜待漏来。"因为有了汤婆子，每天早晨日上三竿，诗人还不想起床。由此可见，在千年的时光里，汤婆子曾给多少人带来了温暖和慰藉。

传统的汤婆子多以黄铜为材质，形状扁圆，中空，底略平，面上有拎把，大小则因需而异。那时有专门打造它的师傅，手艺的好坏则取决于灌水口的密封程度，滴水不漏才是上品。之所以对灌水口要求高，是因为汤婆子除了捂手外，多用于夜晚暖脚，睡眠之中翻来覆去，若是漏水那还了得？当然也有偶尔盖子未拧紧而漏水的，第二天抱着垫褥去晾晒，邻居见了则会笑嘻嘻地打趣："怎么了，昨晚尿床了？"

后来，随着暖手宝、电热毯、取暖器等的出现，汤婆子也渐渐退出了历史的舞台。对于许多年轻人来说，根本不知汤婆子是何物。如今，随着怀旧风潮的流行，融取暖功能与文化韵味于一身的汤婆子又重新吸引了人们的目光，原已积满了历史尘埃的老古董又成了暖手的佳品。相较于前，如今的汤婆子愈加精致，有的做成花型，有的雕花刻字，有的篆刻龙凤等图案，多了一分雍容，多了一分华贵。

汤婆子重新出现在家里，是在女儿出生后。母亲翻箱倒柜，把以前用过的汤婆子找了出来。她说，现在天气冷，宝宝还小，不适宜开空调，适合用汤婆子。女儿睡觉之前，母亲都会灌好汤婆子，罩上布袋子，放进女儿的被窝里。看着母亲那熟练而又熟悉的动作，我的眼角情不自禁地湿润起来，回想起儿时寒冷的冬天，母亲每一缕深情的目光，每一遍轻柔的抚摸。

"布衾纸帐风雪夜，始信温柔别有乡。"虽然时光不再，好的东西总是不会被人遗忘，就像这给人温暖的汤婆子。每次看着女儿熟睡的样子，看着母亲脸上洋溢的笑容，就是一种莫大的幸福。伴着汤婆子入睡，就是伴着时光入睡，我能够从中感受到昔日时光的脉动，那是一种难忘的回味，那是一种懒懒的暖。

·算盘·

—

精打细算光阴的寸金寸银

算盘是一种古老的计算工具，也是一种被人们渐渐淡忘的计算工具。在柜子的角落里，放着一个紫檀做成的算盘。一颗颗久经磨砺的珠子，包上了一层晶莹剔透的浆壳，黝黑泛红，光滑圆润，犹如现代人手腕上的檀木珠子。每当看着这满是斑驳的算盘，就会想起那个久远的年代。

这个算盘最早是爷爷用的，长约三十厘米，宽十五厘米，四周用铜皮包角，算框、横梁和算珠都比较重。由于长时间的"精打细算"，算盘的轴杆十分光滑，最常用的个、十、百位的算杆早被磨得锃光瓦亮，算珠上原有的黑色也更加光亮，摸起米十分爽手。算盘珠子打起来会发出"噼里啪啦"的清脆声响，悦耳动听。用爷爷的话说，那简直是一种优美的乐音，百听不厌。

爷爷曾经以卖菜为生，所以一副算盘和一杆秤是少不了的。为

63

了让全家人的日子过得有滋有味，爷爷不得不扒拉着他的算盘精打细算。我是在爷爷的算盘声中长大的，那悠扬的唱账声和铿锵的或急或缓的珠算声，滋润着我幼小的心田。印象最深的，是算珠在爷爷的手指尖飞窜，算盘像炒豆一样噼啪作响。爷爷每次从集市回来，都会给我捎一串糖葫芦或一包糖果，让我解馋。

因为爷爷的言传身教，父亲很早就学会了拨打算盘。父亲最早的职业是一名采石场的会计，从工作的第一天起，父亲便把自己的全部交给了算盘。同时，他也清清楚楚、明明白白地算计着公与私、贪与廉。后来，父亲又担任了村委会的会计，那时，他经常是一把算盘不离身，群众的工分、村民的粮食，都是他用那架算盘敲敲打打地算出来的。遇上哪家需要算账，父亲也会拿出那架檀木算盘，噼里啪啦地一阵拨弄之后，账目就一清二楚了。

父亲与算盘打了一辈子的交道，最后他也如同那老式的算盘一样，从青春走向了衰老，不变的是父亲那为人为事的认真与一丝不苟。父亲对他的算盘情有独钟，珍爱有加。听母亲说，有一次父亲在地头算账，突降阵雨，情急之下父亲毅然脱下了外衣，裹着算盘冒雨跑回了家，他浑身上下淋了一个透湿，算盘却被裹藏得严严实实。这件事过去了多年，但每次母亲说起来时，父亲的嘴角都会溢出一丝微笑。

在这种环境的耳濡目染之下，我也早早地学会了拨打算盘，可以说是无师自通。每次见我故作认真"啪啪啪"地拨弄算盘，年迈的爷爷总会露出会心的笑容，好像他引以为豪的事业有了继承人一般。后来，在学校里上珠算课，我的水平几乎可与老师相媲美。这不禁让老师大为惊奇，我也因此赢得了同学们艳羡的目光。现在回想起来，那真是一件令人愉悦不已的事儿。

后来，计算器出现了并备受青睐，可是父亲依然对算盘情有独钟，用他的话说，算盘来得顺手，来得踏实。他也经常拿算盘来告诫我，做人就应该像算盘一样，堂堂正正，公私分明。在父亲退休后的日子里，他最亲近的莫过于那张老旧的檀木算盘了。每日晚饭后，微醉的父亲便会用那双粗糙的大手在算盘上上下飞舞，清脆欢快的旋律从他粗大的指缝间汩汩流出。这时，父亲是一副心满意足的样子，略显苍老的他也便真的醉了。

"一上一，二上二，三下五去二……"当年这些耳熟能详的珠算口诀早已随着电子时代的迅猛发展，被人们遗忘在了脑后，曾经无比辉煌的算盘，也随着岁月流逝悄然隐身而退。如今，很少再听到珠算的声音，包括那种小算盘也已被计算器所取代。可是在岁月的长河里，算盘功不可没。爷爷、父亲正是用算盘精打细算光阴的寸金寸银，书写了自己庄严的履历，滋润了我的心灵。

时光荏苒，岁月老去。算盘虽然退出了历史的舞台，却长久地印在了记忆的时空。我不会忘记有算盘相伴的日子，以及与之相关的那段往事、那份情感，它们将丰富、充实着我的人生岁月。

·禅凳·

一

枯坐成佛独对灯

禅是佛教的一种修行方式，也是一种具有超世哲理意味的体验。参禅的主要形式是盘腿静坐，思量禅法，使心入定。由此便产生了专门用于修禅打坐的禅凳。书房一隅，也有一把古色古香的禅凳。在繁杂的现实生活中，可忙里偷闲、苦中作乐，在禅凳上打坐、休憩、冥想片刻，由此获得心神恬静自在的愉悦。

禅凳比普通的凳子宽大，四个凳腿也更粗大坚实，构造略为低矮，像一张小型的几案，可供人盘腿其上，打坐修行。这把禅凳是奶奶留下的，经历了时光的侵蚀和岁月的打磨，独具美韵。凳子木色暗沉，黑里略显微红，木色中透出幽思，仿佛散发着山林苍郁古老的气息，初则悦目，继之赏心。许多朋友看了之后，纷纷询问我从哪里淘来的宝贝。

奶奶信奉佛教，且无比虔诚，每逢农历初一、十五，都要上炷香，祈求得到诸佛和菩萨的保佑，没事的时候就端坐在禅凳上打坐。听奶奶讲，禅凳是她的嫁妆，她的父亲之所以陪嫁一把禅凳，是因为年轻时的奶奶脾气刚烈、耿直、火爆，她的父亲想让她借此修心养性。听完后，我和奶奶都笑了。因为奶奶的脾气从没有改变，哪怕到了耄耋之年，依然刚烈、耿直，真是应了那句俗语："江山易改，本性难移。"

在我的印象里，奶奶却异常的温厚，像收割完庄稼的田地，安静地等着泥土的覆盖。我是跟着奶奶长大的，吃、喝、拉、撒都由她照顾。奶奶喜欢穿着那种老式的肥长的衣服，宽大的袖口卷起来半尺来高，里面总寄放些小东西，如麦芽糖之类的，甜甜我的嘴巴。在收割庄稼的季节里，奶奶常常变魔术般地拿出几个甜瓜，给我解馋。那浓浓的香味能够溢出瓜皮，每次我都狼吞虎咽地吃起来，这是儿时的我最幸福的时刻。

晚上我钻进被窝后，奶奶便隔着被子抚拍着我，有时把她的手伸进被窝久久地、缓慢地抚摸着我，从胸口直抚摸到脚心，嘴里还念念有词："菩萨保佑，长啊，长啊！"我生病了，奶奶又是烧香又是拜佛，在她的虔诚里，对孙子的爱是无私的，是纯粹的。这么多年过去了，我仍能隐隐感触到奶奶的手微微颤动着，在我生命的里里外外……

奶奶是在八十多岁时安详地告别人世的，她静静地靠在床上，像睡着了一般。当时我的情感和灵魂都麻木了，世间也失去了光芒，我好像坠入了黑暗的深渊。奶奶去世后，那把禅凳理所当然地归我所有了。后来陆续搬了几次家，它都被我特殊照顾，没有丝毫磕碰。

因为那把禅凳，我对禅修、对古典家具具有了新的认识。自东晋开始，文人士大夫就对修禅有着极大的兴趣，以求得对人生的参悟。素净大方、典雅庄重的禅凳也就成了历代文人书房中一件重要的用器，也是一种"禅意"的外现。唐代白居易诗曰："中宵入定跏趺坐，女唤妻呼多不应。"既讲述了他对打坐的痴迷，又得意地炫耀自己禅定后明镜止水般的心境，以至于妻女在旁边多次呼喊，都恍若不闻。

禅凳虽只是一把凳子，其制作却颇为讲究，除了楠木、黄杨木、榆木之类的硬杂木，黄花梨、紫檀、鸡翅木、铁梨木等名贵木种亦被大量使用。明代晚期，流行以自然生成、盘根曲折的古树根雕为禅凳，要求形态自然，具有光洁顺滑的质感，不能让人看出有过分雕琢的痕迹。旁边错落不齐的枝丫，可挂上葫芦、斗笠、念珠、净瓶、钵盂等用具，显扬禅味。

禅凳虽小，其工艺语言和表达手段却到了无以复加的地步，足以让你一窥古典家具的魅力。我曾在朋友那里看到一把明代的禅凳。凳子由花梨木雕琢而成，造型稳重大方，比例尺寸合度，轮廓简练舒展，重视木材本身的纹理和色泽，用材粗硕，雕刻及线脚装饰处理得当，藤面软屉座面，整器清秀雅致，充分体现了明代家具的神韵，让人分不清是生活用品还是收藏品。

失去生命的木头成为家具后，会有它特定的知音。明人吴从先曾写道："萝薜欲青垂几席栏杆，窗窦欲净澈如秋水，榻上欲有烟云气，墨池笔床欲时泛花香。"读来让我无比向往，书柜、花案洁净，窗外爬满葳蕤的藤萝，洗砚池边引种郁郁的青苔，这是何等的清幽雅致。我亦不禁"东施效颦"起来，寻求起自然的体悟，以一种和谐的观念看待诸事万物。

在机械文明撩人魂魄的今天，品味古典家具，犹如雨冷、酒暖、书香，最让人回味不已。那几榻、书案、禅凳上不遗余力的雕花，仿佛是要逸出红尘的心绪和精神自由的象征，又仿佛是凝固的韵律，宛如一阕清凉深沉的典雅歌赋，在耳边依稀回荡着岁月流水的声音，让我拥有了一种独在自由的心情。

· 鸡毛掸 ·

—

熨帖人心的温暖

鸡毛掸是一种古老的扫除工具，顾名思义，是鸡毛做成的除尘用具。作为乡村最常见的一种生活用具，鸡毛掸为百姓的日常生活带来了诸多方便，也带来了熨帖人心的温暖，颇受人们的青睐。在客厅的一隅有一把红艳艳的鸡毛掸，像一团火一样照亮了整个家，也照亮了我的人生岁月。

在我的孩提年代，几乎家家都有鸡毛掸。它的作用类似于现在的吸尘器，同冷冰冰的机器相比，则多了一分家的温度。鸡毛掸通过摩擦产生的静电吸附物体表面的灰尘。同抹布相比，鸡毛掸可以伸到房间的墙角旯旯，哪怕是极难清理的桌椅板凳的花纹间隙，轻描淡写般地掸几下就干净了，很是方便。

母亲喜欢用鸡毛掸清扫房间，尤其是过年的时候。进入腊月，母亲会选个日子打扫房间，用她的话来说是"除尘"。她先把房间里的东西收拾起来，用被单子盖起来，之后戴着草帽、手里举着一把绑在长竹竿上的鸡毛掸，把各个房间的天花板、房梁、墙壁上的积尘、蛛网扫除干净。最后，全家齐动手，擦洗家具、整理杂物。虽然累得腿僵腰直，可看到屋子里焕然一新、整洁明亮，每个人都被这喜气洋洋的过年气氛所感染，心里也充满了喜悦。

鸡毛掸看似简陋，扎起来其实很费工夫。鸡毛掸所用的羽毛主要是公鸡的尾毛、颈毛、背毛，也就是俗称的"三把毛"，这三处的羽毛色泽鲜艳，制成掸子，浑然一体。对于村里人来说，收集鸡毛不是一件难事。农村从来不缺鸡，家家户户都会或多或少地养上几只，公鸡用来打鸣，母鸡用来下蛋。有鸡，必有鸡毛。过年过节，或家里来了客人，都要杀上一只鸡待客或打牙祭，鸡毛则留下来做掸子。老家有句俗语："攒鸡毛，凑掸子。"虽然有些调侃，却形象地表达了中国人历来惜物的传统美德。

鸡毛积攒够了，就可以扎掸子了，这可是一项技术活。扎之前，先将鸡毛按长短、颜色分类，用松香或糨糊把鸡毛一层层地粘在竹竿上，然后用细麻线捆扎结实，最后留出把柄即可。粘结鸡毛讲究先长后短，颜色视美观合理搭配。最常见的是颜色混杂的掸子，讲究的则是颜色相对统一的鸡毛掸，如寓意日子红红火火的红色掸子，寓意镇宅辟邪的黑色掸子，最美的是黑白相间的芦花鸡毛掸。

奶奶是养鸡的好手，没事就捉些虫子回来喂鸡，所以家里的鸡长得又快又壮，尤其是那几只公鸡，羽毛锃亮，像涂了一层油。每次杀鸡，母亲都会小心翼翼地把它们的羽毛收拾好，生怕丢了一根，那神情，不了解的人还以为是什么宝贝呢！用这些鸡毛扎成的掸子光亮艳丽，极富层次感，像一件精美的工艺品。母亲喜欢把它插在一尺多高的瓷瓶里，让平民百姓的房间平添一点雍容富贵的氛围，也期待着能够"平安吉祥"。

那时的鸡毛掸用途是广泛的，除去用来清扫屋内的灰尘，还是惩罚孩子的最佳工具。若是孩子在外面闯了祸，父母亲拿起鸡毛掸打孩子的屁股是那样的顺手，似乎鸡毛掸天生就是用来惩罚孩子的。小学四年级，我看到同桌有一支漂亮的钢笔，眼馋不已，瞅个不防，将钢笔拿回了家。母亲见了，问我钢笔的来历。我涨红了脸，支支吾吾答不上来。母亲看出了破绽，脸上顿时笼上了一层寒霜，要我如实招来。我知道一切都瞒不过她，只得如实说了。母亲听完后，气得浑身发抖，说："小时偷针，大时偷金，落得个小偷的坏名声就永远别想在人前抬头走路。"说着，母亲拿起鸡毛掸狠狠打了我一顿。第二天，我把钢笔还给了同桌。从此，面对再怎么诱人的东西，我都没动过心。

鸡毛掸伴我走过了人生的青葱岁月，也走出了人生的狭隘与迷茫。不知何时起，在百姓家沿用了几千年的鸡毛掸，逐渐退出了它表演的舞台。即使偶尔看到它的身影，也已从最常见的扫除工具，变成了价格不菲的工艺品。虽然如此，鸡毛掸却总能让我回想起那些流水般逝去的岁月，它掸出了洁净的生活，更掸出了做人的道理，掸出了人性的至真至善。

贰
部

——

人要诗意地栖居

· 文房雅玩 ·

—

还你自在心境

文房雅玩是指在传统的文房四宝的基础上，出现在书房、斋室的辅助用具，以及随身把玩的小巧物饰。据说在秦汉时期，它就开始出现了。到了明清时期，种类更加充实完善，明屠隆在《文具雅编》中不厌其烦地列举出了四十余种文房用具，如笔筒、笔架、笔洗、镇尺、墨床、印章、竹雕、臂搁等。后来又把石头、核桃制品及文人案头书桌可用以把玩的各类精巧小摆设均列入其中。

对文人来说，营造一个优雅的读书环境，配之以雅致的家具及文玩器物，随时把玩，甚至比读书更重要。明人高濂在《遵生八笺》中写道："文房器具，非玩物等也。"拥有几件雅致的文房器物是历代文人孜孜以求的梦想。如今，古人的这些文房雅玩，亦成为人们追崇的宝物。

文房雅玩代表了一种生活方式，这是中国人所特有的一种以智慧、闲适、优雅为主的人生态度和活法。由于文玩多是历代文人使用的器物，不仅传承有序，具有浓厚的文化、历史价值，而且将古人的智慧和才情都藏于小小一方天地中，更加能彰显收藏者的修养与气质。因缘巧合，我陆续淘得了一些文房雅玩，它们让我的书房弥漫着典雅的气息。

周作人在《北京的茶食》中曾说："我们于日用必需的东西以外，必须还有一点无用的游戏与享乐，生活才觉得有意思。"在这个物欲横流、人性浮躁的社会，人们总是步履纷杂、行色匆匆。于我而言，那些文房雅玩就是一段情，一炷香，一缕心曲，它们无言而温馨，美丽又放达。写作累了，心情烦了，趺坐案前，独对或是把玩一番，便有了天高地邈、无古无今、无我无物的境界，便有了遗世独立之感。

在我的书房中，有木刻的蝉，有竹雕的笔筒，有玉质的笔洗，有醴陵釉下五彩瓶……它们的存在，让我知道了文房雅玩所拥有的深厚的历史渊源和厚重的文化积淀。小小一方文玩，往往凝聚着艺人毕生的心血，在制作上亦精雕细琢、穷工极巧。如一只小可盈握的鼻烟壶，其精巧的造型、精湛的工艺、精美的纹饰，本身就是一部经典的艺术全书。

我的文房雅玩中有两件与鸡有关。一件为粉彩公鸡寿桃印泥盒，三只色彩艳丽的公鸡站在一株桃树下，一只在低头觅食，另两只似乎在亲切交谈，形神俱美。桃树枝繁叶茂，长在一堆山石里，树底下生长着一丛灵芝和一丛萱草，树上是红艳艳的桃子。那桃子栩栩如生，甚是诱人。印泥盒的直径只有十厘米，在如此小的背景上，刻画如此多的画面，极为难得。这件色彩明丽的印泥盒亦成了书房中最美的存在。每当疲倦时，我都会拿出来把玩一番，似乎枯竭的文思又有了灵感。

一件为青釉鸡首壶，可惜破损得厉害，把手也没了，只有鸡首完好无损。虽然只是一个鸡首，却也独有魅力。鸡首上昂，仿佛在引颈高歌，釉色均匀，曲线流畅，反映了当时高超的艺术成就。鸡首壶的淘得颇为有趣，面对我的询价，摊主很是随意，让我随便给点钱即可。我像中了彩票一般，连忙小心翼翼地给收了起来。面对破损的鸡首壶，虽有些遗憾，但更多的是欣喜，它能够穿越千年、百年的时光，被我收藏起来，也算是一种缘分吧。

蝉是自然界中弱小的生命体，它朝饮甘露，暮栖高枝，可是这个从蛰伏的泥土中挣扎出来的小生物却博得了人们的喜爱。人们将蝉的形象表现在玉器上、瓷器上、文房雅玩上……我收藏了一件黄杨木雕蝉，一只蝉趴伏于树干之上，翅翼轻薄，层次分明。蝉的双目突出，方首短颈，神态逼真。木雕小巧可爱，打磨得光洁，有象牙般的肌理，刻画物象生动自然，为不可多得的佳品。把玩久了，越发的圆润，让人过目难忘。

醴陵釉下五彩瓷以胎体莹薄、颜色鲜丽、绘工精妙、造型新奇等特点，深得世人的喜爱。朋友曾割爱给我一套釉下双面五彩花卉薄胎碗，整套碗碟晶莹剔透，似玉泥嫩肌般温润可人。在灯光下看，画面平滑光亮，一花一叶望之如晨露中乍现，晶莹润泽，清丽明快，亮晶晶，水灵灵，给人一种饱满的水分感，极有生气。在自然光下看，纹样五彩缤纷，艳而不俗，淡而有神，且色泽优雅，层次变化极为丰富。

　　在我看来，书房案头的文房雅玩是我人生旅程中美的邂逅，亦是慰藉心灵和情感的良药。因为它们，我变得更加淡定，更加自主随意和收放由心。因为它们，我有了异于红尘中人的悟力与精神世界，可以于宁静中透出闲适，于闲适中闪着智慧。

· 砚台 ·

—

文人的一方田

砚与笔、墨、纸并称为"文房四宝",是古代文人雅士不可或缺之物,他们以砚为田,以笔为犁,书写着文字,也书写着人生。时至今日,砚已不再是单纯的文房用具,而是集雕刻、诗文、绘画于一身的艺术品,成为今人竞相收藏的对象,也成为凭吊已逝历史之物,让人发出一份思古之幽情。

对于砚,我有一份发自内心的喜爱,它代表了一份远去的风雅。读书写文之余,我陆续收藏了与我结缘的一方又一方砚。得一佳砚,如遇美人,若是遇到一方质地、铭文俱佳的古砚,如晤古人,此中的妙趣,难与外人明说。我最喜工艺精细、铭文生动有趣的砚,从中可了解前人的过往,能感触他们的精神世界,感受他们的喜怒哀乐。

对于砚台的最初印象,来自父亲。从我记事起,每逢春节临近,

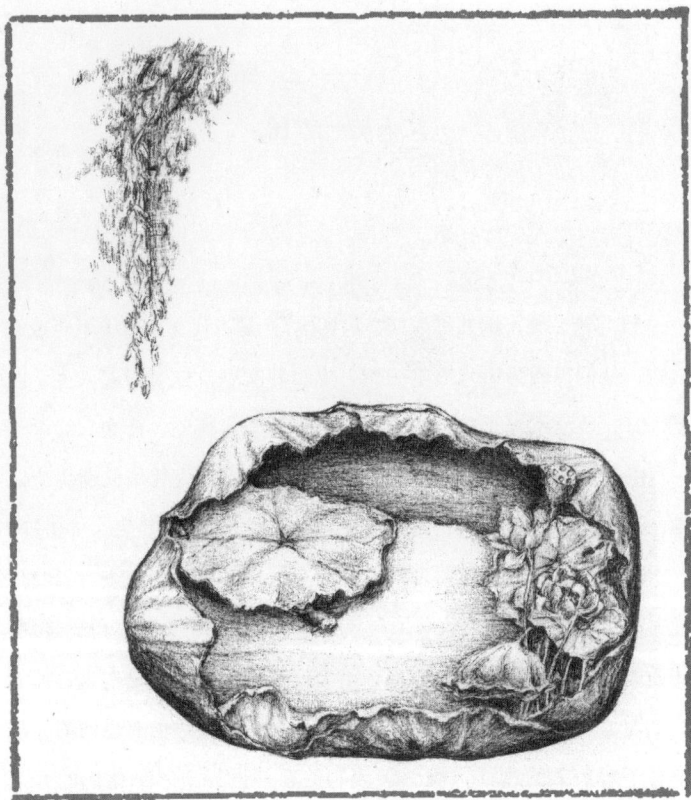

能写一手不错的毛笔字的父亲就忙着给村里乡亲们写春联，不管是谁，父亲都一样地热情，一样地对待。我则跟着凑热闹，帮着裁纸、研墨，帮着把写好的春联铺平、晾干墨汁。我爱看父亲写春联，那是一种美的享受。看着父亲毛笔一挥，一气呵成一副副漂亮的春联，我都会在心里升腾起一股莫大的成就感。

在父亲的耳濡目染之中，我知道了砚是一种古老的用具。汉代的《释名》解释曰："砚者，研也，可研墨使之濡也。"砚自问世之日起，就深受历朝历代帝王将相、文人雅士的喜爱，端石、歙石、澄泥、红丝石、松花石等名砚，更是文房案几上的珍宝。他们对砚台的喜爱到了无以复加的地步，也因此留下了许许多多的故事。

透过历史的帷幕，可以发现，每朝每代都有与砚台有关的人与事，苏轼、黄庭坚、米芾、顾二娘、纪晓岚、朱彝尊、张中行……他们或著砚谱，或撰砚铭，或著文，或作画，不一而足，从不同的侧面抒发着对砚的情感。最让人称道的是一生与砚田结缘的苏轼，他曾有诗云："我生无田食破砚。"对于他来说，良田财帛可以无，砚田却是必不可少的，没了砚田，就像失地的农人一样，失去了生存的根本。

在我潜心收藏的砚台中，最珍贵的是一方两面雕工的端砚，材质上佳，且图、文俱美。一面是荷塘清趣图，荷叶如盖，荷花亭亭，鱼虾嬉戏于荷塘之中，惟妙惟肖，形神俱美。一面是松下观画图，山势逶迤，古松虬曲，树下有高士观画，峨冠飘带，恍若仙人，身后是酒坛、琴案，让人恨不得置身其间，亦让人体会到为什么会有"得一佳砚，胜如拱璧"之说。

在诸多砚台中，有一方砚虽材质不佳，却深得我的喜爱，原因是砚上的铭文。当时，我漫步在厦门的古玩城里，心情是闲适的，也是随意的，从一个摊子到另一个摊子地看过去，雅致的心境如同一尊古瓷花瓶。忽然，我的目光被一方沧桑的砚台吸引，随手拿起来，发现砚上的铭文十分生动："旧游无处不堪寻，无寻处，惟有少年心。"透过那一笔一画，我似乎感受到前人的无奈与惆怅。后来得知，铭文出自宋代章良能的《小重山》。每一次把玩，都会勾起我对旧日时光的怀想。

砚台还氤氲着友情，传递着一份温暖的人文情怀。一年寒冬，我去山东临朐县出差，朋友设宴款待。那一桌子大鱼大肉都没有印象了，唯独一方红丝石砚让我记忆犹新。红丝石砚产于临朐县，曾是砚中极品，有黄地红丝、红地黄丝、猪肝紫地黑丝等品种。朋友送我的是黄地红丝砚，纹路天然生成，华缛密致，呈水浪动态之势，墨池像一轮红日，动静相宜，给人一种天人合一的感觉。

闲暇之余，取砚把玩，如赏世间之绝妙风景。品读那些砚铭，似与前人心会，那些或苍古、或风雅的古人的身影，在岁月的烟云深处浮现，在一方又一方的砚上浮现。对于我来说，人生苦短，有一方砚相伴便足矣。

· 笔洗 ·

—

洗尽铅华自风流

　　笔洗是"文房四宝"笔、墨、纸、砚之外的一种文房用具,是用来盛水洗笔的器皿。作为文案小品,笔洗除了实用价值外,其形制乖巧、种类繁多、雅致精美,更可怡情养性、陶冶情操。所以,在古人只是一种书写工具的笔洗,在今人却是赏藏之物,从中既见出古人的匠心与巧思,也见出古人生活的优雅,见出一种文化心态。

　　笔洗的质地很多,有玉、玛瑙、象牙、犀角、铜、竹、石和陶瓷等等。最为常见的是瓷质笔洗,其制作技艺尤为精湛。目前可见到的最早的笔洗是宋代五大名窑的产品,这些瓷笔洗多敞口、浅腹,形状多种多样,包括花、果、鱼、兽等形象。我曾在一位收藏大家那里看到一款堪称传家之宝的斗彩笔洗,有凤凰登枝、迎客松、梅花、葵花等图案,色彩鲜艳、品相完美,让人爱不释手。

　　若想觅得有趣味的笔洗,委实不易,其难一在财力,二在机遇。

书房中的十来件笔洗，皆是机缘巧合之下淘来的。莲藕玉笔洗为一位长者所送，构思极为巧妙，一只粗壮鲜嫩的玉藕上，莲茎缠绕，生长着几片嫩叶，一朵莲花似开未开，孕育着旺盛的生命，一只莲蓬已结出累累的果实，在这一派生机盎然中，一片大大的卷曲荷叶构成了笔洗的盛水部分。把玩之时，眼前恍惚浮现"十里香风红粉聚，采莲歌动采莲船"的美景，让我陶醉于一种微醺的境地。

同生机勃勃的莲藕笔洗相比，雨打残荷笔洗则另有一番情趣。画面上寒塘一方，塘中残荷老梗全以枯墨写出，参差苍古、颓然交错。卷起的枯荷立在萎得已是皮包骨的荷杆上，似乎一碰即要化为散落的灰烬，有的荷梗已被折断，有的已无荷叶。残荷之上有一杆独挺的莲蓬，给人一种无比落寞的感觉。残荷下细雨点点、风袭微波，让人凉意顿生，叹为观止。

来得最意外的是一件牡丹花式瓷笔洗。当时，我随团去乡下采风，在一家廊檐下发现了一堆破破烂烂的瓶瓶罐罐，其中就有那件牡丹花式笔洗。主人是一位老人家，我笑问道："这堆破烂卖不卖？"老人家说："反正都是些破烂东西，也没人给我收拾，你愿意要你弄走。"我赶紧出了宅院，找到一位收废品的师傅，把一堆瓶瓶罐罐都卖给了他，自己则留下那件笔洗。回到家后，仔细刷洗干净，竟是一件清代笔洗，让我暗自得意了好长一段时间。

最让我心痛的是一件明代的童子戏蝶青花笔洗，釉面滋润，工艺精细，画面是两个童子扑蝶嬉戏的场景，别有趣味，给笔洗平添了生动活泼的气息。遗憾的是破损严重，且无法进行修补。在一堆伤残瓷器中发现它时，我的眼前一亮，仔细把玩了一番，愈发坚定了要将它据为己有的决心，虽只剩两个童子和一只蝴蝶，但还是毫不犹豫地买回了家，成为书房里一道别样的风景。

最珍贵的是一件"羊羊得意"和田籽料玉笔洗，是一位远在新疆的文友所赠。当时恰逢我的本命年，朋友得知后，遂送了这么一件本命"羊"。朋友说，"洋"即"羊"的谐音，羊乃人们喜爱的动物，寓意春风得意学业有成，喜气洋洋，写文章能满腹经纶，事事如意。笔洗玉质温润，包浆醇厚，刀法老练，雕刻细腻，笔线流畅，把羊悠闲自然的神态表现得淋漓尽致，是不可多得的佳品。

笔洗是一种令人赏心悦目的艺术品，造型装饰各有千秋，且蕴藏了深厚的历史文化底蕴。随着时光的流逝，它更给人以咀嚼橄榄、时时回味不尽的感觉。夜深人静时，仔细把玩那些饱经了时光侵蚀的笔洗，会萌生难以明说的温暖，且直达心底深处，悠悠然无比自在。

·印章·

—

时光的钤印

  印章是书房中的风雅之物，有时，向亲朋好友赠书，除了署名，还要钤上一枚或多枚印章，似乎只有这样才算是一名合格的文人。因此，对印章总有一种莫名的偏爱，除去自己的印章，还收藏了许多颇有历史的闲章。每一枚印章，都在向我讲述一个故事、一段历史，传递一份情谊。

  与印章结缘，纯属偶然。有一次外出旅游，无意中遇到一枚老旧的闲章，料子是普通的寿山石，边款却极有意思："萍水相逢即是缘，能一见如故、引为知己，则尤为难也，身边无长物，惟操刀刻石以赠。"看完之后，我的心怦然而动，遂毫不犹豫地买了下来。从此，我便开始留意那些闲章，因为在那一枚枚的印章里，有说不清的故事，栖息着无数的灵魂。

  许多喜欢藏印的人，大多注重于材质的贵重与稀有，如鸡血石、琥珀、象牙、犀牛角等等，却忽略了印上的题字。我则反其道而行之，对章的材质不是十分在意，看重的是印上的题字。在我看来，一枚好的闲章，能让人识得书画家的学识与修养，亦可让人玩味。那些或俗、或雅，或多、或少的题字，都是一份难得的雅趣，也是一种独特的文化诉说，故有"闲章不闲"之说。

陆陆续续中，我又邂逅了十多枚颇有意思的闲印，有泥印、铜印、石印、象牙印等等，题字也颇有意思。或记事，如一枚闲章这样刻着："寄居乡间，窗外古槐苍劲，院内繁花浅草，有客来，摘菜剥豆，辅以小酒，妙不可言。"看了之后，让人也生出一种归隐田园之念。或抒情，如一枚名为古稀老叟的闲章，上面刻着"雨中黄叶树，灯下白头人"，让人不禁为之心酸。或言志，如一枚落魄书生的闲章："冯唐易老，李广难封。昔日之友，莫不一展胸襟，甚至衣锦还乡，唯独我一事无成，此乃人生憾事矣！"那份壮志未酬，那份怀才不遇，让人为之感慨。

时间长了，在玩味那些闲章的同时，我开始翻看一些古印谱，并从中获得了诸多乐趣。最富传奇色彩的一枚古印，要数"婕妤妾赵"了，后人由印文推测此印为"掌上美人"赵飞燕的遗物。宋代王诜、明代严世蕃、清代龚自珍等名家，都曾收藏、把玩过此印。民国年间，此方印又辗转经过数人之手，最后由徐世襄收藏。后来，徐世襄将它连同其他三十余方印捐给了故宫博物院，这才结束了这方印四海飘泊的历史。

最让我心仪的是汉代的将军印，这些印大都刻于出征之时，以刀在印上急凿而成，是名副其实的"急就章"，正如古人所言："盖急于行令，不可缓者也。"那些印，刀锋犀利，线条简练，布局也随心所欲，给人以自然天成之趣味。印文内容亦简洁明了，多为将军的封号，如武贲、奋威、虎烈、昭武、破虏、横野、怀远……看到这些粗犷的称号，好像置身于硝烟弥漫的古战场，耳边似乎飘荡着锣鼓的声响、战马的嘶鸣……

近现代名人的印谱因时间相隔不远，看了之后有种身临其境的感觉，真的是美不胜收。它们大多格调高雅，别有情趣，给我留下了深刻的印象。如国画大师李可染的"可贵者胆""废画三千""七十始知己无知"等闲章，每一枚章都代表了他在摸索创作中的艰苦历程；如诗人闻一多在昆明时，曾刻了一枚"应作云南望乡鬼"的闲章，不久即被国民党枪杀，何其巧矣，何其悲矣。

机缘巧合之下，曾淘得一本《鲁迅遗印》，收录了先生生前使用和收藏的所有印章，有名者如"戎马书生""文章误我"和"只有梅花是知己"等。最值得一提的是鲁迅先生自己亦能刻印，早年在三味书屋读书时，为了勉励自己，在书桌上刻下了一个篆体的"早"字。书中收录了先生自己所刻的白文草体"迅"字印，这方印在章法和刀法上均别具一格，作为唯一保存下来的鲁迅先生所刻的印，弥足珍贵。

一方印就是一枚时光的钤印，静夜观之，一个个鲜活的历史人物仿佛从印上站了起来，向我娓娓讲述前尘旧事，明丽而又忧伤。

·竹雕笔筒·

一

不可居无竹

笔筒虽未列入纸、墨、笔、砚"文房四宝"之列，却是文人墨客的喜爱之物。笔筒的材质五花八门，寻常的有瓷的、木的、竹的，昂贵的有象牙的、玉石的、牛角的……每一种都独具风情。竹雕笔筒虽最为常见，却堪称笔筒中的一朵奇葩。

竹生长于山野之间，萧萧落落、挺拔苍翠，自有洒脱俊朗之姿与清冷之气。它虚心、有节、坚韧，四季不改枝换叶，其气质、品德可与君子媲美。古之文人雅士与气节之士，大抵都爱竹，所谓"可使食无肉，不可居无竹"，正是这种心态的写照。为此，竹与文人雅士、气节之士有了动人的缘分，与之有关的故事、传说、诗文、图画、物件，如漫山遍野的竹，数不胜数。

翠竹青青，亭亭玉立，清淡高雅，如一位虚心劲节的君子，悄然立世。对竹子，我怀有一种偏爱。"茅屋一间，新篁数竿，雪白纸

窗，微浸绿色。此时独坐其中，一盏雨前茶，一方端砚石，一张宣州纸，几笔折枝花。朋友来至，风声竹响，愈喧愈静。"这是郑板桥的心仪之境，亦是我为之向往的。庭院中，植一二株翠竹，闲则坐卧其下，忙则坐卧于心，真乃是无限的奢侈。我爱山野之竹，亦爱器具之竹，尤为钟爱竹雕笔筒，只要让我遇到，都会想方设法据为己有。

最早陪伴我的是一件采药老人迎雁竹雕笔筒，虽不是出自名家之手，但是经过了岁月的打磨，通体呈枣红色，竹肌润泽，光可鉴人。全器清素，只突出长髯一叟，赤膊翘首仰望天边飞雁，一手持草履，一手支席，神态十分逼真，旁置篾篮，装满灵芝药草，篾篮圆席之编痕经纬分明，甚见匠心。后来，我又陆续淘得几件竹雕笔筒，整个书房似乎都充溢了竹子的气韵，颇为雅致。

最心仪的是陶渊明采菊笔筒，雕工精绝高超、意境深远，可谓是竹雕笔筒中的精品。远处山石如书页，松干苍古，菊花灿烂，陶渊明衣袍飘忽，立在松下菊丛之中，神情幽怨肃穆，一副神游物外的样子，表情、眉眼、衣袍，无不形神毕现，惟妙惟肖，让人一下子就置身于"采菊东篱下，悠然见南山"的境地之中。夜晚时分，案头静对，自然有了出尘的境界与心绪。

书房中有一个用毛竹截成的笔筒，是朋友在他家的竹林中为我拣了一段巨竹做成的，坚实、厚重。竹节部分犹如一条绿色的绳结，正好做了筒底，似乎带着竹林独有的清新气息。看见它，我仿佛置身于朋友家葳蕤的竹林之中，那是最美的青春记忆。此外还有一件玉兰花笔筒，一朵初绽的大花做筒，四周浮雕叶片和几朵刚刚冒出毛笔头般的花芽，竹色莹亮艳红，让人常看不厌。

竹雕笔筒之所以受到人们的喜爱，是因为竹子自古以来被视作祥瑞之物，苏轼那句"可使食无肉，不可居无竹"更道出了竹在古代士人心中的地位。竹雕笔筒在工艺美术品中只是一个小门类，却往往穷工极巧、精雕细琢。明清以后，名家辈出，风格独特，他们将国画中的山水、人物、花鸟、亭台楼阁等章法布局用于笔筒表面，体现出其隐逸的思想情致，且浑厚古朴、构图饱满，线条刚劲有力、转角多棱，使竹雕笔筒从实用品转身成为供人宝藏的艺术品。

早期的竹雕笔筒遗存很少，至今所见多为明清时期的制品，经过时间的淘洗，其色如琥珀，光莹润泽，十分可爱。我曾在一位藏友家里看见一个明代的竹雕松树笔筒，笔筒截取近根处竹肉肥厚的老干，雕作松树形，阳刻的云朵纹布满器身，借以表现树皮的肌理，一侧有枝杈穿插纠结，松针茂盛，重重叠叠，如云如盖，另一侧树皮开裂剥落，露出瘿瘤鳞隙，小枝均呈倾斜状，如经风雨。一段普通的竹节经匠心构思与雕凿，形成繁简、动静的对比，让人惊叹。

竹得天地自然灵气，雕刻者独运匠心，笔筒可谓自然之美与艺术之美兼而有之。对我来说，书房里、书桌上能有几件喜爱的竹雕笔筒相伴是一件幸福的事，笔耕之余，把玩一下，会把我带进一个美好的精神境界，萌生一种振奋心灵的力量。

·青花瓷·

—

最美的中国符号

青花瓷是瓷器的一种，亦是一个青翠素雅的世界，略带春意的白釉上描绘青花，清秀、安静、古雅、平和。说不清从什么时候起，我开始迷恋青花瓷的。我总觉得青花瓷是世界上最美的色调，只有那样的白，承受着那样的蓝才恰到好处。

青花瓷的绘画技巧极为高明，它的绘饰大多是图案装饰，却一点也不显刻板，是写意的图案，像画画一样，信手拈来，挥洒而就，一气呵成，率真自然，绝无雕琢之感。它们是写成的、画成的，不是描成的、涂成的，这便是青花瓷绘饰的特有风格。瓷绘艺人都有一手好笔法，遒劲果断，娴熟流畅，水平很高。古往今来，青花瓷一直深受人们的珍爱，并留下了许多生动的故事。

青花瓷的釉色晶莹丰润，冷时"如冰似雪"，暖时"温润如玉"。上佳的青花瓷古朴优美、凝重大方，且有翡翠之秀色、碧玉之润泽。书柜上一件清代的青花荷花天球瓶，极有韵味。画的是三片荷叶，向三个不同的方向伸展出去，构成一幅对称的图案。再仔细看，荷叶墨色浓淡不均，有枝杈横陈其间，更像是蓬勃蓊郁的大树之冠，那些斑点可看作是发育茂繁的花草，让人不禁幻想出五彩斑斓的颜色来。

朋友送我一件带有裂纹的青花瓷瓶，窄颈阔肚，蛋青色的白瓷胎上绘满了老干虬枝的梅花，我一看就喜欢得不得了，连连感谢朋友的厚爱。从此，这件青花瓶便搁放在书橱中，隔着玻璃，它和我的书一样宁静而寂寞。偶尔，爱人带回几枝黄菊、梅花之类的，我都会插入瓶中，放在临窗的书桌上。那会儿，窗外的阳光和月色，骤然温柔起来，让我不期然地想起宋代杨万里那句"青瓷瓶插紫薇花"的诗句。

最贵重的一件青花瓷是康熙年间的青花人物盘，胎骨细腻、晶莹柔润。第一眼看到这个盘子时，我便不由自主地爱上了它。在圆圆的盘中心，一个眉清目秀的书生骑坐在墙头上，一手扶着墙外的柳树，一脚踩在树干上。墙外的树下是一对端坐在石头上的妙龄女子，形神和谐，颇有情趣。儒雅潇洒的书生，婀娜多姿的女子，在绘瓷艺人的生花妙笔下，都栩栩如生。若不是绘瓷的高手，绝创作不出如此的佳作。

那些颇有古董意义的青花瓷以外，新时期的青花瓷，我亦是喜爱有加，陆续收藏了凤凰青花图案油灯盏、童子青花茶叶罐、青花葫芦状酒壶等别有韵味的青花瓷。最值得一提的是一对青花猫头鹰，釉光滋润、清新明丽、光亮洁净，蓝色的羽毛纹路清晰，再加上一对水汪汪的大眼睛，似乎具有生命的气息。看着它们，会让人觉得生活无限美好。

因为对青花瓷的喜爱，我还独辟蹊径，收集起青花瓷片来。在常人眼里，瓷片是被丢弃的废物，对我来说那些瓷片却是宝物，能把我带到一个异常美丽的世界。虽然只是块块瓷片，却能看出瓷器造型的变化多端，引人联想，可通过碎片去补充、去还原，在头脑中再现出一个个造型优美的碗、碟、杯、盘。总之，在极其有限的天地里，发挥了丰富的想象力，使人叹服设计者的创造性。

以碗壁的那条弧线来说吧，有一些简直美极了，真是凸一点嫌肥，凹一点嫌瘦。绘饰的花样亦极为丰富，仅以碗心和碗底来说，虽为方寸之地，也都处处看出匠心。碗心的装饰有的饱满，少见空白；有的大片空白，只有一点小的装饰。碗底有的款用书写体，有的则用图章形式或小的花形。有些酒盅的心和底，虽面积极小，也信笔一挥，点上一个点点，恰到好处，别有意趣。

青花瓷雅俗共赏，对它的喜爱不分年龄、不分性别，亦不分国籍。当年欧洲有一个国王，曾以四队近卫军去与邻国交换十二个中国青花瓶，这就是历史上著名的"近卫花瓶"。在今人对青花瓷的描述中，最喜欢雪小禅的一段话："我初见青花，但觉得是一个男人与一个女人的爱情，那蓝，仿佛是魂，深深揉在了瓷里——要怎么爱你才够深情？把我的骨我的血全揉进你的身体里吧，那白里，透出了我，透出了蓝，这样的着色，大气，凛然，端静，风日洒然，却又透着十二分的书卷。"

"白釉青花一火成，花从釉里透分明。可参造化先天妙，无极由来太极生。"青花瓷是一个了不起的辉煌世界，寥寥数笔就勾勒出天马行空般的飘逸，再加上淡雅温润的色泽，轻易就把我带进一个美好的精神境界，让我的心灵得到陶冶。烦躁不安时，看看那些历尽人世沧桑的青花瓷，心情便会恬淡如水，并在心里萌生出振作的力量。

· 石头 ·

一

石不能言最可人

石头，一种得日月滋养的奇物，如古人所云："天地至精之气，结而为石，负土而出，状为奇怪……"正是天地的精华才有了石头的钟灵毓秀和万般形貌，才使人对它生出由衷的喜爱。古往今来，许多人都与石头结下了不解之缘。石头亦与人们的生活密切相关，无论是女娲补天、精卫填海的动人传说，还是《西游记》《红楼梦》中关于石头的传奇故事，都说明了石头里面有历史、有故事、有文章。

对于石头，我怀有一分偏爱。我认为石头是大自然散落的美，每一块石头都是一个独特的存在，像一位石友所说，它们是"掌中的山河，案上的乾坤"。它们虽然平凡，却蕴含着高洁的品性，正如清代赵尔丰所说的："石体坚贞，不以柔媚悦人，孤高介节，君子也，吾将以为师；石性沉静，不随波逐流，然叩之温润纯粹，良士也，

99

吾乐与为友。"为此，我经常去寻找和自己有缘的石头。

经过多年的寻觅，我收养了许多块质地、形状都不同的石头。虽然它们构造迥异，但于我都像是一个又一个乖巧伶俐的孩子。从形态到色泽，全是未经洗磨打光的天然石，通体裸露着不驯的野性。每一块石头都包含一种世界、一种春秋。它们是书房里的神圣存在，也是我生活和生命中亲密的伴侣，给我的生活注入了斑斓的色彩。在长时间的厮守中，我们之间产生了不可分割的感情和眷恋。

我收养的第一块石头是在工地见习时捡到的，挖土机在炎炎的阳光下翻土，面前突然闪现一块鹅黄色的石头，我连忙弯下腰，捧起了它。它比一般石头重得多，我放在身上用热汗擦净了它，它像被唤醒睁开眼睛似的闪射出凝重而深情的光芒。后来，我把它带回藏在枕边，夜里常常摩挲它，夏天置于额头，沁凉沁凉的，仿佛有一股清莹的泉水浸润着燥热的肌体。

在诸多石头中，有一块捡于新疆茫茫戈壁，是名副其实的丑石，整体呈深灰色，平凡、其貌不扬；一经水浸洗过，才发现它由多种颜色凝结成，像不灭的火焰，令人百看不厌，爱不释手。后来，一位朋友对我说，它多半是千万年前从地底喷出的地火的结晶。于是这块瑰丽的地火结晶，便成了鱼缸里独特的风景，每当朋友来时，都会欣赏一番，我亦会心生欢喜。

在我收养的石头当中，唯一的一块名石是产于吕梁山的吕梁石。吕梁山因孔子在此观洪悟道而闻名天下，他那句"逝者如斯夫，不舍昼夜"的慨叹响彻千年。吕梁石形色浑厚，既有山石的棱角，又有水石的圆润，一经面世即闻名大江南北。当时陪同一位朋友去选购石头，看到一块石头被丢弃在一旁，便讨要了过来。回到家用水洗净后，只见一个峨冠博带的人物浮雕形象凸显出来，让我不禁想到在吕梁驻足的孔老夫子，便命名为夫子观洪。

有一次，我在街边地摊上见到一块石头，是什么石，不知道，只觉得好看，且价格便宜，便买了下来。回家后，找一方瓷盘，放些水，在石间撒几粒草种，没几日，石头上冒出丛丛新绿，远看近观，都俨然一幅微缩的山水。石头有了生命，高兴自不待言，似乎有了温润的感觉，内心也变得细腻而柔软。每当看书、写字疲倦时，抬头看看它，心里便流淌着幸福、温柔，甚至觉得与自然贴得越来越近，能感受到草儿的呼吸。

石头之所以得到人们的喜爱，之所以形成石文化，是因为在案几、书桌上，摆放一块石头，仿佛与天地合一，从而悟出美的真谛。人们常说石品如人品，一石一天地。对于爱石之人来说，一方石头就是一份无价的精神财富。一代文人沈钧儒平生爱书爱石，连书房都取名为"与石居"，并为之赋诗曰："吾生尤好石，谓是取其坚。掇拾满吾居，安然伴石眠。"由此可见石头的魅力。

宋人陆游曾说："花如解语应多事，石不能言最可人。"虽然我没有曹雪芹那块通灵的石头，敷演不出一段段的故事，这些未经打磨的石头，却保留着我对它们的感念。一枚枚石头，就这样展现着它们的魅力，充实着我的生活。它们亦会一直伴随我直达人生的隐秘之境，我那颗平凡的心，也因它们而变得祥和宁静。饭后茶余，细细品味，足以领略到无穷的情趣。

· 根雕 ·

—

枯木不弃盼春归

根雕是一种奇与巧相结合的造型艺术，也是一种化腐朽为神奇的收藏品，它以其独具匠心、妙趣天成的艺术感染力，受到越来越多人的喜爱。一件好的根雕姿态、神态与韵味俱佳，能给人以美的享受。我的书房里有数十件根雕，它们是书房里亮丽的景致，带给我许多妙不可言的享受。

喜欢根雕，缘自于一次西北之行。西部边疆生长着一种名为胡杨的古老珍奇树种。它具有惊人的抗干旱、御风沙、耐盐碱能力，恶劣的生活环境使得它们铁干虬枝、粗壮有力，连每一个细小的枝杈都刚劲凛然。有的虽已死去，但仍然保持着刚劲的躯休。那些或粗或细的枯枝保持着自己或兀立或半掩埋在沙土中的姿态，实在是形神兼备。当时我极为震撼，它们让我知道了，枯木也有魅力，也有春天般的张扬。

从西北归来，我彻彻底底喜欢上了枯木，喜欢上了根雕。书房里的根雕都是我辛苦淘来的，有的甚至是从千里之外带回来的。有一件人体木雕是从云南带回来的，黝黑的硬木，粗犷的刀法，流畅而又夸张的线条和造型，将人的四肢简化，简化到成了一种符号。头部及五官夸张变形，与简化了的四肢在韵律上相协调，整个造型凝聚着一种深厚浓重的文化精神，一种对生命的崇拜与张扬。每当我凝视它，像面对一件神秘的艺术品，强烈地震撼着我的心。

　　除去这件抽象的人体根雕，还有一对来自四川的喜鹊登梅根雕，最受我喜爱，因为它见证了一份独特的缘分，也可以说，我对它是一见钟情。四川有许多藏在深山无人知的村落，这些村落里往往藏有很多让人心动的老物件。那一次，去四川的山里，当我在一位老伯家驻足休息时，无意中发现了墙角处有一对喜鹊正盯着我，着实让我吃了一惊。定神一看，原来是一对根雕。

　　我好奇地走到跟前仔细观察，两只喜鹊炯炯有神、对目而视，翅膀上的木纹全是羽毛的纹理，神奇极了，粗壮的利爪刚劲有力，紧抓着树枝，给人一种正要腾空而起的感觉，用栩栩如生来形容一点也不过分。我深深地被这对动态神韵生动的根雕震撼了、吸引了，看了几遍都挪不开视线。我不禁大胆地问老人家是否愿意割爱。老伯先是一愣，后来告诉我，这对根雕是不卖的，是他老年生活的陪伴。

　　最后，经过我一番"死皮赖脸"的"胡搅蛮缠"，老伯终于忍痛割爱，答应了我的要求。老伯在根雕旁站立了许久，用手深情抚摸着它们，然后对我说："你很有慧眼，也很识货。实话对你讲，我们当地人擅长根雕手艺，靠山吃山嘛，集镇上也有不少卖根雕的，但用料做工都一般，比我这对好的还真不多。它的材质也非同一般，是一棵上千年的古树根，我得到后，经过了半年多的精心雕刻才成现在这个样子。要不是看你是真的喜欢它，我绝对不会卖的。"

为防止碰撞，老人对根雕进行了层层保护。在包裹的过程中，老人一个劲地对我说根雕的保养事项，除去最基本的防晒、防潮、防碰撞，他还郑重地告诉我："根雕的表面要保持清洁，它们暴露在外，易沾灰尘，雕刻部分更易积灰，灰尘中有氧化物及杂物，要及时将它们清除掉，否则会造成表面受腐蚀。"我听着直点头。带回来之后，凡见到的朋友无不为之赞叹。

我收藏根雕的一个最主要的原则是天然，哪怕是雕刻，也要因势象形，像明人魏学洢在《核舟记》中所写的一样："明有奇巧人曰王叔远，能以径寸之木为宫室、器皿、人物，以至鸟兽、木石，罔不因势象形，各具情态。"

根雕除了赏看之外，亦颇具实用功能，可做笔架、花架等等。在书房的角落里放置着一个颇有个头的根雕，上面摆放着一盆兰草，苍郁的绿光映照着根雕的深厚色泽，使整个房间都弥漫着古典的气息，饶有佳趣。

书房里的根雕最长的已跟随我十多年了，每天我都要擦拭、抚摸它们几遍，直到现在它们没有丝毫的损伤，且根体滋润、光滑如玉。它们给人以无限的想象空间，让观赏者能从各自不同的角度得到一种美的享受。"枯木不弃盼春归"，它们让我坚定地认为根雕是有生命的，而且它的生命还是永恒的。

· 雨花石 ·

一

天生丽质难自弃

雨花石是一种玲珑剔透的石头，绝美的名字让人想象它的美好与灵秀，奇特的纹理、斑斓的色彩、生动的画面，展现了石头的灵气及内涵。雨花石只有方寸大小，但山川日月、奇花异草、人物鸟兽、宇宙神奇，尽在其中。如今，雨花石已成为热门藏品，走进了千家万户，在普通家庭的水盂、金鱼缸、水仙花盆里，都可见它们的美丽身影。

雨花石的来历颇为有趣，相传梁武帝时，云光法师在南京的石子岗讲经，忽然漫天落花如雨，落到地上即化作精美的石头。法师便将石子岗改名为雨花台，石头称之为雨花石。神秘的雨花石因此成了祥瑞之物，深受人们的喜爱。到了宋代，雨花石更是成为文人士大夫们案头清供雅玩之物，为清苦的读书生涯增添了情趣。

揭开历史的帷幕，发现历代都不乏雨花石的收藏逸事。宋人杜绾在《云林石谱》中称雨花石为"玛瑙石""螺子石"。清人孔尚任写下了"摩挲五色光，遐想文字祖。珍重养清泉，有时天可补"的诗句。京剧大师梅兰芳有一枚"东方红"雨花石，名重一时。国画大师徐悲鸿曾收藏了三枚雨花奇石，一枚为"太极图"，一枚为"云中白鹤"，最独特的是一枚"松鼠葡萄"，他曾为之赋诗："跃跃松鼠，累累葡萄，何时化石，形不能逃，天施地生，妙到秋毫。"

这些光泽鲜艳、五彩缤纷、晶莹剔透的玲珑石子，让我如醉如痴。我之所以收藏雨花石，纯粹是无心之举。有一次出差南京，在夫子庙闲逛，经过一个卖石头的摊子，摊上的雨花石倒没吸引我，却被摊下一块较大的红雨花石吸引住了。这块石头底宽上薄，在一堆石头当中很不起眼，仔细一看似有山峰若隐若现，颇有味道。摊主见我端详此石，即说此石我天天带来带去，也没卖掉，你若要的话，十元钱拿去吧。我一听，大喜过望，赶紧把它装进了包里。

回到宾馆清洗一番，顿时，此石非凡高雅的气质呈现出来，颇有中国山水画的神韵和意趣。此后，我对雨花石的兴趣渐浓，每次去南京，必不忘去石摊上看看，如有合心意的，遂购上几块，日夕把玩，其乐无穷。所藏的雨花石，除了购自石摊的，也有自己苦苦搜寻来的。凡外出有石之处，必留意寻觅，也偶有所获。别人是"闻香下马"，我是"见石停步"，常常在路边卵石堆中选石。有一次见一黑石，捡起一看，竟是一尊戴头巾、着长衫的落魄文人像，甚是喜欢。

雨花石的形成要经过原生形成、次生搬运和沉积砾石层三个复杂而漫长的阶段，所以它们均来自漫漫的荒芜岁月，孕育形成于亿万年前，随流水迁徙几千万年，再沉积数百年，才有了如今显赫的地位和声誉，可谓历尽沧桑方显风流。雨花石的主要成分为二氧化硅，有粗细石之分，粗石以石英或变质岩为主；细石以半透明的花玛瑙石为主，石质细腻，颜色艳丽。

　　细石价贵，粗石价廉，然廉价之物并非无上乘之品，关键在于发现，在于凭自己的辛劳、眼力和智慧，见人所皆见而思人所未思，得人所未得。在我看来，这才是收藏雨花石的最高境界。有一次，我在一个摊主的大盆粗石中挑挑拣拣，眼前一亮，只见一块赭红色的扁石，大小约如一拳，纹理颇似敦煌壁画，购回后仔细端详，仿佛一尊飞天在游动，色形俱佳，越看越有味，朋友见了，都赞为神品。

　　收藏雨花石，命名很有情趣，一个好的名字能起到画龙点睛的作用，能让一枚石头立马鲜活起来，生动起来。如"采菊东篱下""春江花月夜""碧空孤帆尽"等，不看石头，仅仅是听名字就感到无限的诗情画意。无意中淘得一枚雨花石，一位峨冠博带的书生立在石头之中，脚下的纹路似乎是汹涌奔腾的江水。经过一番思索，便取名"江州司马青衫湿"。看到它，便想起被贬的白居易，耳边似乎回荡起那首传唱不息的《琵琶行》。

　　"天生丽质难自弃"，雨花石自有一种赏心悦目之美，可走近每一个人，受托种种情思。对我来说，雨花石最大的妙处，妙在似与非似之间，可以让你在想象的天地里尽情驰骋。我喜欢在书桌上摆上一个洁白的瓷碗，在清水中养上一枚或数枚雨花石，再摆上一盆清秀的兰草。读书、写作之余，赏兰品石，平凡的生活便增添了些许的宁静和乐趣。

· 葫芦 ·

一

捻作手心里的宝

葫芦是人类最早种植的植物，可食用、可入药、可做乐器，最常见的用途则是当作水瓢、面瓢等生活用具。《论语》里"一箪食，一瓢饮"说的就是葫芦。葫芦又写作壶卢，明人李时珍在《本草纲目》中这样释名："壶，酒器也。卢，饭器也。"如今，葫芦作为器皿的功用大多已经消失，逐渐成为一种赏玩的艺术品。家中有几个饱经沧桑的葫芦，光滑、油亮，记录着岁月与光阴的痕迹。每每把玩起来，心底都会生出一分美好。

幼时，后院有一个瓜棚，夏天爬满了丝瓜、葫芦、南瓜等，碧绿色的藤蔓给简陋的院子增色不少。当时对葫芦充满了好奇之心，因葫芦在民间有诸多故事，引发联想。神话故事里，济公、铁拐李、太上老君的腰间都有一把葫芦，它们是仙器，是宝贝，也是最忠诚的伙伴。因为他们，我对那一藤葫芦充满了幻想和期待，期待有一天它们也能变成我的宝贝。

葫芦成熟后，母亲把那些长得特别大的、形状不好看的摘下来，切成两半，当勺子或是瓢，用来舀水、舀面。当作水瓢时，葫芦瓢不会沉下去，像一只小船漂在水缸中，十分悠然。长得好看的，或当作案头的摆设，或在头部开个口，取出里面的葫芦籽，当成酒壶。爷爷喜欢用它来装酒，没事的时候抿上一口，那神情特别满足，在那一刻也有几分神仙的味道。

后来，葫芦慢慢地从日常用品的行列退出，仅仅保留了其作为文玩的特质。细究起来，葫芦因皮质硬、变化快等特点，自古以来就是长盛不衰的文玩。一代又一代能工巧匠在葫芦皮面上绘制人物、风景、吉祥图案、书法等，独具文化内涵。葫芦文玩的品类越来越多，葫芦被赋予了更多的文化、工艺价值。时至今日，更多的人像我一样，把兴趣投向了"身材娇小"的手捻葫芦。

手捻葫芦，顾名思义，必须得小巧玲珑，适合在手中把玩。葫芦身体要端正，上、下肚要均匀，上肚略小于下肚。手捻葫芦讲究形、龙头、皮壳和脐。所谓"龙头"，其实就是指葫芦上本来长的藤蔓。脐的标准为小、圆、凹，越小越好。最难把握的是皮壳，既不能有阴皮，也不能有水渍，更不能有斑块。通常情况下，新葫芦最好在通风、干燥处放上几个月，然后再上手，这样才能保证日后把玩出来的葫芦，皮质细腻、光泽油润，且不会出现花纹和条纹。

玩葫芦玩的是什么？说起来就是一个"盘"字，这也是文玩手捻葫芦的精髓所在。葫芦买回来后，每天用手去摸它，就叫"盘"。时间久了，手里的葫芦会变得润、光、滑、透，颜色亦变得愈加漂亮，外观由黄变红、由红变紫红，油润灵透，颇具成就感。盘出来的葫芦给人一种古朴的美，让人爱不释手。手捻葫芦除了赏心悦目，亦可活动手指和手掌上的神经、肌肉，起到按摩穴位、健身养生的功效。

作为一名手捻葫芦玩家，当时也只是喜欢，觉得葫芦这个物件寓意吉祥，长得也可爱，就一直随身带着，没事拿出来摸一摸。没想到这样随便"摸一摸"，让小葫芦的身价倍涨，其中一个拇指大小的葫芦，外观锃亮，迎着光仔细看，葫芦皮能反射阳光，像涂上了一层油漆。刚入手时，也就十来块钱，不过现在千把块都买不到了。其实葫芦玩的时间越长，其表面就越光滑，就像玉石一样，经过长期佩戴，会更加温润。

因为手捻葫芦，我结识了一帮喜欢文玩的朋友，其中一位是手捻葫芦的全才，不仅亲自种葫芦，且能在葫芦上作画。每年葫芦成熟时，他就招呼我们一帮人去园子，看中哪个，直接摘哪个。大家坐在葫芦藤架下，一边啜饮新茶，一边把玩葫芦，一边海阔天空地聊天，那种感觉自在、惬意。遗憾的是，这种小聚随着朋友去外地谋生而告终。他临走前，每人送了一个他亲自烙的葫芦，花鸟虫鱼，各不相同。送我的是牵牛花，枝枝蔓蔓，漂亮极了，让我每一次看到它，都会想起那段美好的光阴。

葫芦谐音"福禄",它被看作是富贵吉祥的象征,亦被更多朋友所喜爱与接受。手里捻着一枚天然艺术品般的葫芦,让很多人眼馋,那是时间和心情的结晶。所以,手捻葫芦养生亦养心。每当把玩起那些葫芦,我都会想起它的另一种形态,想起它作为生活用具的存在,想起它作为瓢的存在,想起那段逝去的光阴。

·紫砂壶·

—

不媚不俗有乾坤

　　紫砂壶是一抔土造就的神形俱美的绝品，无论是精巧的设计，还是优美的形制，抑或是古雅的颜色，都独有一分风韵与魅力。明代文震亨《长物志》载："壶以砂者为上，盖既不夺香，又无熟汤气。"紫砂壶融诗文、绘画、书法于一炉，虽小却大有乾坤，带给人优雅闲适的心情。紫砂壶在令人称奇的同时，亦吸引了无数人的目光。一个又一个人在小小的壶中，释放心情，品味无限风情。

　　我爱上紫砂壶，缘于爷爷那把老旧的鱼化龙壶。那把壶有着婴儿肌肤般的细腻手感以及着色圆润、典雅古朴的视觉感受，壶身两侧各有一条浮现于云朵间的龙，形象逼真。我常见爷爷定定地凝视，醉醉地把玩。在炎热的溽暑时节，爷爷躺坐在葡萄架下打盹，不时拿起身旁的茶壶呷上一口，很是惬意。后来，爷爷在弥留之际，将那把紫砂壶留给了我。每每拿起那把壶，我的眼前就会浮现出爷爷飘着雪白胡须的慈爱笑容。

从此，我情不自禁地迷上了紫砂壶，且有了更深的认识。紫砂壶发源于宜兴，随着明末文人盛行饮茶而繁荣起来，这是因为文人名士都有将自己的诗词歌赋镌刻于壶体的爱好。他们深知，这样的物件，自我把玩可养心，馈赠亲友可明志，留给后人则可顺带着传承几句遗训。在宜兴六百多年的紫砂历史中，涌现了许多优秀的艺术大师，他们在留下精湛艺术的同时，也记录着紫砂艺术的沧桑历史。

提起紫砂壶，不得不说起供春壶。相传，明正德年间，供春作为书童到宜兴的金沙寺伴读。闲暇时，看到寺内的师傅在参禅之余，用当地特有的紫泥捏壶、烧壶、养壶。出于好奇，供春遂取了沉淀在缸底的洗手泥，参照寺院内大银杏树的树瘿，制了一把造型新颖的壶。寺里的老和尚见了，双目一亮，当即取名"供春壶"。从此，"栗色暗暗，如古金铁，敦庞周正"的供春壶，开创了紫砂壶的历史。

在宜兴，我有幸看到了名家所制的壶，聆听了大师赏壶、养壶的真经。如赏壶，讲究的是形、神、气、态四字。形即外形美；神即神韵；气即内涵，壶艺所蕴含的内在美；态为各种姿态，高低肥瘦、刚柔方圆。养壶除了要选质地上乘的紫砂壶外，还要用好茶去养，以精心挑选的不同香味的茶叶，配合不同温度的水，去养壶之色泽、养壶之香气。听完之后，我茅塞顿开，才懂得养壶其实也是养心情、养气质，自己尽可以借养壶的心情，来蕴养自己。

从此，生活中再也离不开紫砂壶。对我来说，紫砂壶是一捧有生命的土、有灵魂的土、有情感的土。微阖双目间，我常常冥想制壶的情形，那些色泽沉着、神态各异的紫色生灵，蕴含着制壶人的体温，融注着他们的情感，在他们手中慢慢成形，然后在炉火中涅槃重生，响起清脆悦耳的金属之声。每一把紫砂壶的诞生，都犹如新生命的降临般庄严。

紫砂壶可谓千姿百态，无论是紫泥，还是朱泥，抑或是绿泥，都精彩纷呈。在我看来，较之于精美的瓷器，紫砂更敦厚；较之于温润的玉器，紫砂更淳朴；较之于贵重的青铜器，紫砂更具文气；较之于华丽的金银器，紫砂更显内敛。更妙的是，紫砂壶用得越久，壶身越光润古雅，泡茶越醇厚芳馨，哪怕是注入白开水，亦有茶香。因此，拥着一把心仪的紫砂壶，便是一种难得的生活享受。

紫砂壶外，还有为数不少的茶宠，有寓意事事如意的柿子，有寓意招财进宝的金蟾，有寓意富足祥瑞的大象等等。最珍贵的是一位视紫砂如生命的朋友赠送的紫砂公鸡，它站在一块嶙峋的石头上，羽毛丰满，鸡爪有力，似乎在面对东方的晨曦高歌。怪石上刻着《诗经·郑风》的诗句："风雨如晦，鸡鸣不已。"朋友对我说，这只鸡的形象是按照徐悲鸿的画作塑造的。徐悲鸿喜欢画马，亦喜欢画鸡，这句诗经常出现在他画鸡的作品中，告诫自己在恶劣的环境中仍要保持高尚的气节与操守。听着朋友的一番话，我似乎浑身充满了前行的力量。

"人间珠玉安足取，岂如阳羡溪头一丸土。"因为配料、温度的不同，每一把紫砂壶都是世上独一无二的存在。每一把壶，都是一个故事，都令人称奇。如今，经过多年的努力，我陆陆续续地藏得几把钟爱的紫砂壶。每天晚上，持一把温热的紫砂壶，那暖香便从指尖抵达心底，思绪和灵魂都因之而变得柔软、变得温情。

· 茶托 ·

一

茶盏下的风情

"柴米油盐酱醋茶",作为开门七件事之一的茶在人的生活中有着举足轻重的地位。随着饮茶习俗的普及,茶具的种类渐趋多样化。说起茶具,大多提及茶壶、茶杯,茶托则少为人知。其实,茶托是茶具中不容忽视的存在,那茶盏下的风情同样让人沉醉。一托在手,既不要担心热茶烫手,又有说不出的风雅,可谓是两全其美的事。

茶托是用以衬垫茶杯的碟子,出现于东晋时期,南北朝时开始流行,唐朝以后随着饮茶之风而盛行。宋时,茶托几乎成了茶杯的固定附件。明清时期茶托呈船形,又名茶舟、茶船。清代顾张思的《土风录》中写道:"富贵家茶杯用托子,曰茶船。"茶托种类繁多,造型优美,除实用价值外,亦有颇高的艺术价值,为茶爱好者所青睐。

对茶托的最初印象，来自电视。当年看《红楼梦》时，里面有好多镜头是用盖碗喝茶，那份韵味美极了。从此我便迷上了盖碗，像鲁迅在《喝茶》一文中所写的："喝好茶，是要用盖碗的。"再后来，因为盖碗又喜欢上了茶托。只要遇到喜欢或别致的茶托，我都会想办法收入囊中。

在诸多茶器材质中，瓷质是人们的首选。唐代饮茶之风大盛，促进了茶具的发展，形成了一批以生产茶具为主的窑场，各窑场争奇斗艳，相互竞争。我曾在一位朋友那里，近距离欣赏了一款景德窑白瓷茶托。瓷器白净如玉，轻薄晶莹，白里泛青，雅致悦目，上面雕刻着代表中国传统文化的四方神兽——青龙、白虎、玄武、朱雀，在匠师的妙心独运下，四只神兽刻画得飘逸洒脱、神韵超然，十分生动，为难得一见的珍品。

金属材质的茶托亦较为常见，铁质的，铜质的，锡质的，都显得格外苍老，有一种无声的静穆之美。金属茶托最大的特色是雕有精巧细腻的纹饰图案，精湛的工艺将这些器皿制成了精美至极的艺术品。它们的外形也不再是单一的圆盘形，还有元宝形、船形等等。我淘得几个元宝状的铜质茶托，斑驳古旧的盏面上刻满了纹饰，两边突出的盘面上，一边刻着一只蟋蟀，线条勾勒得惟妙惟肖；一边刻着一只张牙舞爪的螃蟹，蟹壳被巧妙地设计成外圆内方的古钱币，极有创意。

陶瓷、金属茶托外，紫砂、竹、玉石、水晶、花梨木等材质在

茶托上亦有广泛的运用，把茶托的风情演绎得更加多姿多彩。同紫砂壶一样，紫砂茶托也是我的最爱。其中一件为陆羽煮茶茶托，陆羽神态淡然，茶气弥漫，可谓是诗、书、画俱全。最独特的茶托是朋友从国外带来的水晶茶托，点点星星的气泡犹如浩瀚的大海，气泡之中一条美人鱼端坐在礁石之上，让人生出一种童话般的美妙想象。

最有意思的一套茶托用香樟木做成。有一次随朋友去乡下游玩，在一位农家的院子里，发现了许多准备当柴火烧掉的香樟木，我讨要了一根。后来，请一位木工朋友锯成了茶托的形状，经过一番打磨，做成了十多个茶托，由于纹理的差异，每一个茶托各有特色，别有韵味。朋友们见了，均爱不释手，我也只好忍痛割爱。如今，只剩下六个被我珍藏了起来。

茶自古与寺庙结下了不解之缘，许多流传下来的茶托亦多以莲花作为装饰元素，如荷叶、莲花、莲蓬等，诠释了"茶禅一味"的妙悟。柜子里有一件粉青釉荷叶造型茶托，造型古朴沉稳，釉色平淡典雅，纹饰简洁朗练，四周配以翻卷起伏的曲线，恬淡雅致，让人不禁由此生发出泛舟荷塘、临风赏荷的遐思，将茶盏置于其上，必是盏底生风，轻抿一口，可得卢仝"七碗茶"之三昧。

喝茶之余，细细把玩这些材质各异的茶托，既有精雕细琢的巧思，又有朴实无华的素美，令人心旷神怡，更是一种对内心、对人生的涤荡，轻易就获得一种无上甜美的幸福和满足，生活也因此变得生动起来，多姿起来。

·茶叶盒·

—

聆听岁月的故事

"从来佳茗似佳人"，我对茶是由衷的喜爱。喝得多了，自然而然就属意起了茶叶盒。书柜里摆放着百多个纸的、木的、瓷的、铁的、锡的等各式各样的茶叶盒。这些大小不一、形状各异、图案美丽的茶叶盒，俨然是一个个精美的工艺品，给我带来难以言表的愉悦与惬意。

对茶叶盒的最初印象来自爷爷。他是一个嗜茶如命的人，茶简直就是他生命中最鲜活的一部分，即便再多农活，每天一早起来，必须生火烧一壶滚烫的水，然后从有些生锈的茶叶盒子里摸出一小把茉莉茶冲上，慢慢地品上一会，再下地干活。爷爷用的是一个铁皮茶叶盒，上面绘着陆羽煮茶的图案。远山隐约，溪水清冽，手执蒲扇的陆羽对炉烹茶，那份隐逸的气质极为生动传神。爷爷去世后，那个茶叶盒一直被我珍藏着。看到它像看到了爷爷，也算是睹物思人吧。

　　每次外出，若目的地是茶乡，寻茶便成了一件最重要的事儿。有一年去杭州出差，在西子湖畔的龙井村品尝新茶，一个小巧玲珑的竹制宝塔形茶叶盒，引起了我的注意。别致的盒面上是碧波荡漾的西湖，水中是闻名遐迩的三潭印月，远处为苏堤和白堤，画面精美生动。仔细端详，让我眼界大开，无异于一幅美妙绝伦的山水画，小小的茶叶盒竟容纳了一个大千世界，真神了，用"爱不释手"来形容我当时的样子是再恰当不过了。

　　在杭州期间，还收获了一个颇有历史感的茶叶盒。那是一个画有岳王庙的铁皮茶叶盒，画面上苍松翠柏挺拔，岳王庙巍峨傲立，别具风骨，表达着人们对岳飞的景仰和怀念。以后每次拿起它，我都抑制不住内心的激动，眼前总会闪现出岳飞横枪跃马、怒发冲冠、驱逐强虏的威武身影；耳边总会响起他吟唱那首《满江红》中的"三十功名尘与土，八千里路云和月""壮志饥餐胡虏肉，笑谈渴饮匈奴血"的雄浑声音。

　　时间长了，朋友都知道了我喜欢喝茶、收藏茶叶盒，外出旅游，若是遇到别致的盒子，都会捎来给我。最漂亮的是一个来自台湾的龙纹青花瓷质茶叶罐，当我见到它时，那份喜爱之情难以用语言形容，里面的乌龙茶倒被我放在一边了。茶叶罐的胎质洁白细润，罐身是一条造型生动的五爪巨龙飞舞于云朵之中，头面圆阔，龙嘴大张上翘，龙尾略似鱼龙形，逼真自然，且青花发色幽雅，釉质肥润，疏旷清雅、动静相谐。

因为喜欢喝茶，我认识了天南海北的茶友，结下了深厚的情谊。一次去云南旅行，在丽江古城不仅品尝到了来自茶马古道的普洱茶，还有幸认识了来自各地的茶友。大家一边闻着扑鼻而来的陈味芳香，一边静心体味微苦后甘的浓厚味道。此时此刻，既是品味茶中滋味，亦回味生活百味。至今，一位云南的茶友仍时不时地给我些上好的普洱，我在收到之后，便喜不自禁地请朋友们一起来品尝，将人生的浮躁和落寞、奔忙和不安，全都抛之脑后，共享友情的温暖。

在诸多茶叶盒、茶叶罐中，我最喜欢的是一个喜鹊牡丹粉彩茶叶罐。青釉的罐身上，散布着花团锦簇的牡丹和一对喜鹊，工艺精湛，色彩艳丽。茶叶罐是一位终年行走在大山之中，寻觅野茶的朋友赠送的。机缘巧合之下，我和她成了很好的朋友，像前世的姐弟一般。每年新茶下来，她都会寄些给我，让我尝尝鲜。后来我有幸得到了一对民国时期的松鹤延年粉彩茶叶罐，便作为礼物送给了她，期待她能够平安长寿。没想到的是，她竟回赠我了一个清朝末期的茶叶罐，让我很是惭愧。

一个个形态各异的茶叶盒摆放在书柜里，既是一道别样的风景，又是心灵的寄托。每次驻足，我都会回想起一段又一段精彩难忘的经历。那里面藏满了故事，对我来说是追今溯古的精神旅游，让我念起西湖边的龙井、洞庭山的碧螺春、武夷山稀有的大红袍……更多的时候，我仿佛置身于苍翠碧绿的茶山，幻化成茶乡的小伙，尽情地采撷，尽情地欢笑，尽情地歌舞，最后被芬芳、浓郁的茶香所淹没……

对我而言，喝茶、收藏茶叶盒的过程，是享受美的过程。这个过程非常有趣，趣在自我欣赏，趣在自我陶醉，趣在自我升华。在美丽的形态和漂亮的图案中寻求愉悦，获得快乐和甜蜜，这样的生活真是舒心、自在！

· 藏书 ·

一

三更有梦书当枕

有烟霞之癖的人喜欢山水，有赏花之好的人嗜爱花草，有拜金之瘾的人热恋钱币，我则喜欢藏书，喜欢坐拥书城，喜欢挑灯夜读。对我来说，书如同柴米油盐，是一种生活要素，是同呼吸吃饭一样重要的生活部分，它使我的目力、大脑、心灵、感官得以延伸，更使我单薄的生命凭空丰满起来。

在日渐繁杂的喧嚣中，在沉重生活的缝隙里，读自己想读、爱读的书，沉浸在知识的海洋里，沐浴着智慧的春风，仔细地品味、咀嚼书中的宁静和快感，便成了读书人生活中不可多得的享受。一段时期有一段时期的人生指南，我的藏书也随着年龄的增长、世事的更迭而不断变换着。书房里，贮留下了许多与我的情绪、我的体验相关的书，贮留下了许多曾经震撼过我、照亮过我的东西。

在我刚有能力触摸生活的命脉，刚有自己独立思想的时候，父亲送了我一本《菜根谭》，当时他还对我说了一句"嚼得菜根者，百事可做"的民谚。我一接触到这本书，便爱不释手，并从中受益匪浅。书中无处不在的博大、淡泊、宽容、善良，无处不有的谋略和智慧，让我觉得自己不只是在读书，更是在与一位智者交谈，与一位畏友交流，不时引发我联翩的想象和思索。那本早已泛黄的书，一直陪伴我至今。

因为有了书读，或者说读了书，平庸烦琐和纷乱无序的日子变得充实和丰富，它简直使我的人生变成了"盛宴"。有了孩子之后，藏书便多了些与教育孩子有关的书，如冯德全的《早教革命》等。有时也会读上几本自己心仪的书，如冰心的《世纪之忆》、萧乾的《我这两辈子》、文洁若的《俩老头儿》、林海音的《金鲤鱼的百裥裙》、余光中的《桥跨黄金城》……哪怕只读三五页，也已满足。

在我居住的城市，有一个花鸟文化市场，里面有几家颇有特色的书店，像书房里的《中国面具史》《蔡元培全集》《穆旦诗文集》《三松堂全集》等书，全淘于此处。来这里淘书，一站就是大半天，常来的几个，时间久了，脸都混熟了，陌生的知音心照不宣地相视一笑，那种情景、那种境界今天回想起来依然那么温馨、那么感动。有时店老板有急事需要外出，他会请我照看一下店面，那份真诚与信任让你难说个不字。

每次外出，当地的文化市场是我最喜爱去的地方，在此消磨个半日或一日，是最快意的享受。每一回去，我都像前去赴约的女子，心里揣着一个巨大的不为人知的快乐。在那些大小书店、书摊踟蹰漫步时，丝丝舒坦的感觉，不经召唤，便打心底悠悠地浮上来，一切都是内心最自然的流露，生动、融洽、真实。每一次，我都会或多或少地淘上几本赏心悦目的书，那真是一种难以明说的快乐。

经过多年的积累，书房里的经史子集样样俱全，也有广为流传的稗官野史，如《全上古三代秦汉三国六朝文》《元明清名诗鉴赏》《掌故大辞典》等。每次朋友来，像进了宝库一般，眼睛也不够用了，走的时候，都会"顺"走几本，让我着实心疼一番。我最喜欢的是一套《张爱玲文集》，当时正在上大学，是分批从上海的贝塔斯曼书友会邮购来的。每天晚上，我会早早地结束手上的事情，斜躺在床上细细品读张爱玲这位旷世才女的传奇人生和锦绣文章。

我始终认为一个不读书的人，他的生命只有一次，除了他自己所遭遇、所听说、所体味的，他不知道还有别种生命方式、别种生活轨迹。而一个博览群书的人，他所涉足、所体悟、所了解、所思索的，显然是成百倍成千倍地增加，他可徜徉在历史的长河中，体察帝王生涯、布衣甘苦；可奔走于异国的疆域，饱览山川景物、风土人情；也可在微风徐徐的夜晚，听本族或异族的诗人吟哦呢喃、嘤嘤倾诉。这时，他的心灵不仅仅是他的心灵，而是注入了别的心灵——遥远的、陌生的、怪诞的、无羁的、奇异的、丰厚的……

"腹有诗书气自华"，举手投足间多一分书卷之气，言语之间多一分闻达之理，这样的人，阅之才清纯隽永，品之才唇齿留香。所以，在我的书房，在我的枕边，永远少不了书的存在，我努力使自己成为一个弥漫着书香的人，以便经得起岁月的磨砺与考验，以便傲立繁华、阅尽苍生，悟得人生的极致与妙处。书让我心有所系、情有所倚、魂有所归，每日里翻翻以往、乐此不疲，此生夫复何求？

·书签·

一

轩窗风过书签乱

　　我喜欢读书，喜欢阅读带给我的欣喜以及那份美妙的生命感受，书签作为标记阅读进度的小物件则是不可或缺的。在漫长的读书时光中，我积攒了不少花色各异的书签。在书桌抽屉里随手一翻，便可翻出一大摞精品来，每一枚都蕴含着一段美好的记忆。

　　从小我就喜欢读书，并且对书签痴爱有加。最早用的书签是父亲送给我的，皆朴实无华，图案亦简洁，有的配有诗意的题词，让我生发奇思妙想。至今我还保存着四枚，一枚是黄山云海书签，一枚是上海人民广场大道书签，两枚是骏马图案书签。上海人民广场大道书签的正面是广场全景，背面是颇具时代特色的歌曲——《时代的列车隆隆的响》，有曲有词，颇有纪念意义。

　　父亲送我骏马书签是希望我在学业上能一马当先、马到成功。其中一枚书签上有这样一段话："骏马能历险，犁田不如牛，坚车能载重，渡河不如舟，舍长以就短，智者难为谋，生才贵适用，慎勿多苟求。"让我受益匪浅。正是因为父亲的鼓励，我成了一个喜欢阅读的人。在书温暖的怀抱里，我一次次地激动、燃烧，一次次体验不同的人生、别样的情感。

随着年龄的增长，我又陆续淘得了许多书签。从质地上来讲，有纸的、木头的、铁的……从内容上来讲，有戏剧脸谱、有风景名胜、有花草虫鱼……有的是自己外出淘来的，如在宏村购买的竹刻荷花书签、在云南购买的蝴蝶标本书签等，图案典雅别致、气韵生动。更多的是朋友赠送的，有从四川带来的仿三星堆青铜书签、有从北京寄来的铁质京剧脸谱书签，有从庐山带来的庐山胜景书签和花草书签……

最精美的一套书签是朋友从苏州寄来的檀香木刻园林名胜书签，刻画了虎丘、沧浪亭、寒山寺、留园、狮子林等十个园林名胜，让我对小桥流水人家的姑苏天堂充满了向往。后来我实地欣赏了苏州的园子，明白了苏州的园林为什么是集建筑、山水、花木、雕刻、书画于一体的综合艺术品，亦明白了它为什么会成为一代代文人雅士心目中永远的梦。如今，送我这套书签的朋友辗转去了德国，几乎杳无音信，每次想起都不禁神伤。

寓意最深的是一枚"孝"字书签，是我在西递游玩时偶遇的。"孝"字为南宋理学家朱熹所书，朱熹在思想、文化、教育等方面有着显赫的成就，其书法造诣也极高。此"孝"字运笔浑厚，气势恢

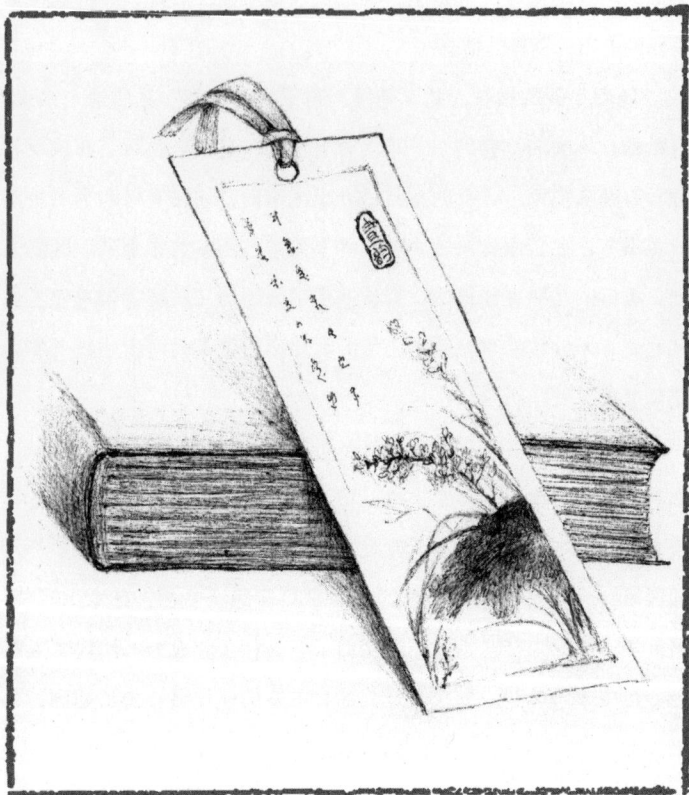

宏，右上部酷似一仰面作揖、敬老孝顺的后生形象，此人后脑像猴头，意即孝者为人，不孝者为猴，寓意非常深刻，让人看了之后，便会情不自禁地想起"百善孝为先"那句古语。于是我一次购买了十余枚，用来分赠好友。

此外，在阅读中，我还收集了一些出版社随书赠送的书签。最喜欢浙江文艺出版社的名家散文系列书签，上方是图案，下方是作者书中的文字，很有启迪意义。如《张晓风散文》书签写着："生命是一项随时可以中止的契约。爱情在最醇美的时候，却可以跨越生死。"此外，北京师范大学出版社发行《汪曾祺全集》时，亦有夹赠的书签，设计精美雅致，让人从中感受到一份浓浓的人文情怀，获得一份意外的欣悦。

经过长时间的浸润，每一枚书签似乎都饱含沧桑，它们伴随我读过了不计其数的好书，获取了不可估量的人生财富。每一枚书签都隐藏着故事，有一种光阴沉淀的厚重感。有时，赏看这些书签，我的思绪会回到从前的美好岁月。我知道，这些书签将会继续陪伴我走过漫漫的人生旅程，直至生命的终点。

· 藏书票 ·

—

小物件上天地宽

　　藏书票是读书人喜爱的一种小物件，被誉为"纸上宝石""书中蝴蝶"，由此可见它的美丽与珍贵。藏书票起源于德国，在"五四"前后传入中国后，就与当时的文学大家结下了不解之缘，如鲁迅、郁达夫、茅盾、叶灵凤等，使得收藏、使用藏书票成为一种风尚。如今，藏书票依然受到人们的追捧，真可谓是"藏书票上天地宽，方寸之间任遨游"。

　　藏书票是用来贴在书籍的里页、表明物主所有权的纸片，上面印着图案、花纹以及姓名，纸质比较软，以便贴在书上不致脱落。藏书票虽是一张小小的纸片，却与印刷术的进退、藏书的兴替、装帧艺术的沿革都有着相当的联系。藏书票所用的图案大都是时针、灯火、飞鸟等，或是象征智慧、时间的种种图案，也有将自己的画像或者书斋的景象，以及自己特别喜爱的物件，构作图案来应用的。

一颗名手镌刻的印章，用精良的印泥钤到书上能在纸上活跃，能增加书的身份。同样，一款图案高雅的藏书票贴到书页上，对藏书有装潢、增色的效果，亦能表达读书人的襟怀与心愿。反之，构图庸俗、印刷恶劣的藏书票则使书籍有不洁之感，且暴露出主人艺术趣味的低级。因此，藏书票的图案、花纹、色彩和姓名的配置要有充分的艺术趣味。

在二十世纪初期的文坛高手中，戏剧家宋春舫的"褐木庐"、散文家叶灵凤的"凤凰"、小说家施蛰存的"无相庵藏书之券"等藏书票，都由他们亲自设计，兼具艺术和史料双重价值。最喜欢叶灵凤的凤凰藏书票，黑色的凤凰与缠枝石雕图案印在灰底上，其间套嵌着红色的中外文字，黑、灰、红三种颜色配合得当。此款藏书票存世极少，后来无意中淘得三卷本的《叶灵凤随笔合集》，在书中竟然发现了后人影印的凤凰藏书票，让我如获珍宝。

在中国藏书票创作史上，已去世的书籍装帧设计家陈世五是独树一帜的一位。他擅长制作孔版藏书票，举凡中外古今的神话、寓言、历史、典故、风俗、民情均能成为题材。他创作的藏书票，既有泥土的芬芳，又富于书卷气，想象之大胆，形式之独特，用笔之奇简，无不充满哲理内涵，引人深思。我曾收藏了他为诗人曹辛之设计的花蛇环绕书本藏书票，因为曹辛之属蛇，又与书本结下不解之缘，同时以毛笔、钢笔、画笔三支笔穿插其间，象征票主毕生从事的书法、写作和美术三项事业，极为生动别致。

香港散文家董桥是有名的藏书票收藏家，他曾说："藏书票是艺术，也是历史，收集藏书票就是收集作者和藏书人对书的亲切感情。"受董桥的启发，集作家、画家于一身的席慕蓉为自己的书设计了多款精美的藏书票。我收藏了她的荷花藏书票，两株亭亭玉立的莲花，在错落有致的阔大荷叶的衬托下含苞欲放，清新脱俗。从藏书票艺术的角度考察，这张荷花藏书票既切合作者的身份和爱好，又与书的内容交相辉映，实在是巧妙的佳作。

藏书票虽只有方寸大小，但作为书斋长物，除了其本身的艺术鉴赏价值，还保留着丰富的文化信息。特别是那些经历过历史风尘的藏书票，更可以引出一个个可长可短，甚至可歌可泣的故事，传送出票主的性情和爱好，透露出一点时代的眉目。它们与那些前途莫测的藏书一样，往往在无声地向人们诉说着什么，倾吐着什么。

一次行脚济南，在一家旧书摊，发现了山东画报出版社的书，没想到的是每本书里都有一张藏书票，让我很是意外，赶紧收入囊中，生怕被人抢了去。当时摊主见我买了这么多书，还很大方地打了个折，让我在心里窃喜不已。回到酒店，才仔细地把玩起来。那些藏书票多为外国艺术风格，既有西方建筑，也有西方人物，还有西方油画，是一份意外之喜。

藏书票上天地宽，它像是一本包罗万象的百科全书，传达着丰富的文化气息。把玩藏书票亦是一种颇有趣味的嗜好，得以品味古今书趣，收获一分闲情，一分逸致。

· 拓片 ·

一

金石文中觅风雅

拓片是随金石学而兴起的一种独特的艺术，古往今来，对拓片情有独钟的文人雅士多不胜数，古有赵明诚，今有鲁迅、施蛰存等。作为一名文字爱好者，我对拓片也有着近乎痴迷的偏好。每次出差，我都要去当地的文化市场溜达一番，幸运的话会淘到些绚丽多姿的拓片。每每这个时候，我就像阿里巴巴发现宝藏一般，内心充满了欢喜。

拓片是从原物直接拓印下来，大小、形状都与原物相同。因此，拓印堪称是一种最科学的记录方法，碑刻、甲骨文字、青铜器铭文、古钱币、砖刻、瓦当、汉画像石等，都可以进行拓印。拓片也因此成了研究当时的历史、社会风俗最直观的资料，异常珍贵。那些拓片中有诗词歌赋，有醒世格言，有历史典籍，饱含无穷的智慧，让后人得以温故知新、鉴往知来。

流传最多的是汉画像石拓片，那些逃过历史风雨遗存下来的汉画像石，是一部镌刻在石头上的史诗。汉画像石是先民留下的语言，可让后人进一步了解古人如何生活、如何工作、如何取乐、如何崇拜神灵。因为地理之便，我收藏了颇多的汉画像石拓片，有各种姿态的飞禽走兽，有线条清晰的人物，有繁忙的社会生活等等。我曾经被一块刻有一只小羊的石画震惊，那盘曲的羊角勾勒出它独有的特征，最让人赞叹的是那弓出了张力的腿，随时准备惊奔的蓄势，静极生动，令人屏息。

　　闲暇时，我也会研究汉画像石中的故事、历史，如常见的《伏羲女娲图》，画面上的两个人，鳞躯粗长壮硕，有力地盘曲在一起，尾部纠结，四爪遒劲，这样强健有力的交媾和生殖图腾，充满了活力、激情和再造生命的欢乐。对汉画像石了解得越多，我越为它的美丽、博大、深邃感到震撼、感到迷惑。看着这些石刻，如同浏览一部记载着数千年往事的书稿，好像徜徉于汉代时光之中。

　　除去碑帖，我对历史名人的手迹也颇感兴趣。俗话说"字如其人"，从字里行间可以窥得一个人的学识、修养、脾性等等。外出时，我都会仔细寻觅当地历史名人的手迹拓片。最喜爱的是清代书法大家邓石如自撰的一副对联："沧海日、赤城霞、峨眉雪、巫峡云、洞庭月、彭蠡烟、潇湘雨、武夷峰、庐山瀑布，合宇宙奇观，绘吾斋壁；少陵诗、摩诘画、左传文、马迁史、薛涛笺、右军帖、南华经、相如赋、屈子离骚，收古今绝艺，置我山窗。"洋洋洒洒的长联不仅对仗工整，且字字浑然天成，独具庙堂之气。

机缘之下，淘得一块"永宁二年九月廿一日"砖。历史上的"永宁"年号有两个，一个是东汉，一个是西晋。此砖从字体上看，介于隶楷之间，细腻优雅，当是难得的西晋之物。清人砖砚有铭曰："汉瓦多长乐，晋砖有永宁。"甚有兴味，吾斋安能无此砖？从此，这块晋砖成了书房一宝。朋友见了，纷纷讨要此砖的拓片。次数多了，我也练得了一手颇为娴熟的拓片技艺。

第一步是将砖的表面清洗干净，要拓的花纹或文字尽可能地剔刷清楚，一般用毛笔或细毛刷轻轻地刷掉附在上面的灰尘。接着将宣纸覆于其上，用水轻轻润湿，再用毛刷轻轻敲捶，让宣纸紧贴在砖的表面，并随着花纹或文字的凹凸而起伏。等宣纸稍干后，用扑子蘸适量的墨，在突起的物象上轻轻扑打，拓片逐渐黑白分明起来。每一次拓印，都像是一次美妙的旅行，其中的快感是旁人难以体验的。

在我收藏的拓片中，有一幅意外得来的薛涛像拓片。那一次去成都，特意去了阅江楼公园寻觅薛涛。园内翠竹夹道，波光楼影，亭阁相映，让人思绪万千。从阅江楼出来时，遇到一位青年正在售卖薛涛画像的拓片，只见薛涛眉目清秀，手持一笺，大见书卷气。望着栩栩如生的拓片，仿佛伊人犹在，顾盼生姿。那全然是一种意料之外的收获，像天掉馅饼一样，让我在没有任何准备的情况下，获得了一份惊喜。因为那幅拓片，我的成都之行也变得更加圆满。

岁月如白驹过隙，倏忽间已是中年。那些拓片却不曾老去，它们默默地陪伴着我，成为我生活中的空气和阳光，让我无法舍弃。对于一个迷恋传统文化的人来说，天天与那些拓片相对，妙不可言，乐在其中。忙里偷闲，赏玩一番，感受其中的魅力，或恣肆狂放，或酣畅淋漓，或秀丽清雅……每一次都如同抚琴弄弦，焚香品茗，快乐、舒坦、熨帖尽在不言之中无言之处。

叁
部

———

云想衣裳花想容

· 女红 ·

一

飞针走线女儿心

　　女红，通俗的说法就是针线活，它曾经贯穿了女人的一生。旧时，一个女人从少女一路走到年老，往往都要有女红陪伴，那似乎是一种冥冥中注定的陪伴。在我看来，女红是一种诗意浪漫的行为。从小，我就沉浸在描述女红的诗句里，且不可自拔。无论是孟郊的"慈母手中线，游子身上衣"，还是王建的"一梭声尽重一梭，玉腕不停罗袖卷"，都让我对女红充满无限的遐想。

　　儿时农闲，男人们喜欢围在一起有一搭没一搭地闲扯，谈话的内容包罗万象，无所不谈。而女人们即使休息的时候也不闲着，手里是这样或那样的女红，有的纳鞋底，有的打毛衣，有的钩帽子，有的缝补衣服。那时，最常见的是利用碎布头做鞋垫子，各色各样的花式让人眼花缭乱，像在集市上展览出售一般，尤其是那些花色少见、做工精巧的鞋垫，常常引起女人们的称赞和议论。

出生于旧社会的奶奶的女红是非常高明的，她经常告诉我，在那时，女红是一个女子的必修课，夫家择媳严格按照"德、言、容、工"四个方面的标准，"工"就是女红。若一个少女不善女红，将来很难找到婆家。即使找到婆家，拿不动针线，也会被人笑话。所以，在她看来，一个女孩子不会女红，那是一件很不光彩的事儿。在她的言传身教之下，她的女儿、她的孙女，包括她的儿媳、孙媳都善于女红。

　　印象当中，奶奶都在缝缝补补。她的针线筐里，有针锥、木尺、剪刀、针钳、绕线板等等。最珍贵的是一只银顶针箍，经过百多年时光的侵蚀，它依然熠熠发光。绕线板不仅形式多样，材质也多样，有长条形的、五角形的，有红木的、竹雕的，不一而足。那时的线板都惹人喜爱，上面大多刻有吉祥图案，如雕刻着蝙蝠的"福在眼前"，雕刻着玉米的"金玉满堂"等。

　　奶奶的针线活在村子里是出了名的，从青春年华的新嫁娘，到白发苍苍的老人，她的女红一直被村里人传说着。谁家要是遇到女儿出嫁或添丁的喜事，总要请她帮忙，做个压箱鞋、枕头套、虎头帽之类的。听奶奶讲，我幼时穿的棉衣、布鞋都是她一针一线缝制出来的。奶奶最拿手的是给小孩子做虎头鞋，她做的虎头鞋虎虎生威、充满灵气，像一件精美的工艺品。

　　那时候，村子里若是谁家添了孩子，总要来求奶奶做一双虎头鞋，除了布料、彩线之外，少不了给奶奶带些麦乳精、鸡蛋、罐头之类的，多数都进到了我的肚子里。奶奶最喜欢那种金黄色的缎子布料，因为黄色代表了富贵吉祥，小孩子穿在脚上，能虎头虎脑、壮壮实实地成长。奶奶做鞋的时候，神情专注，动作娴熟，不时地将针尖在发际边轻轻地划一下。

母亲也是一个心灵手巧的人，她的针线活也是不错的，可是同奶奶相比，就逊色了不少。奶奶健在时，很少让母亲给我做鞋子、棉衣什么的，用她的话说是"根本瞧不上眼"。因为这个原因，母亲的针线活无非是给大人缝缝补补或是做个鞋垫、织个毛衣。奶奶去世后，母亲过了好长时间才适应过来，常常做针线活做到深夜。我喜欢看母亲在灯下做针线的样子，一边飞针走线，一边给我讲故事或轻轻地哼着歌儿。她单薄的身影被灯光放大，我则在她的歌声里，渐渐地眯上眼睛。

在奶奶和母亲的耳濡目染之下，爱人也学会了基本的女红，却少了一分应有的精致。有了女儿后，她就将女红抛诸脑后了，至于棉衣之类的针线活全都交给母亲了。母亲像当年的奶奶一样，从早到晚，总见她在飞针走线，把我女儿打扮得漂漂亮亮的，让人羡慕，惹人喜爱。每到冬天，小女都会穿母亲做的小碎花棉裤棉袄，不罩外衣，中式的棉袄有些溜肩，使小女看上去清秀而娇好。

《桃花扇》中曾言："慵线懒针，儿曾作女红？"那时，是因为慵懒才不做女红的。如今，女红这个字眼，却是真真正正地变得陌生起来、生僻起来。提及它，年长者恍如隔世，年幼者不知所云，一些时尚女性对女红几乎是一窍不通，既拈不动针也拿不得线。曾经伴随着一代人成长的女红，只在我的梦中美丽着。在不久的将来，我衷心期待能有女子将女红重拾起来，找回那份纯净的情怀，拥有一分女人独有的味道。

·旗袍·

一

风情万种锁春晖

旗袍，一种美且韵味十足的服装，它的美是绽放的、旖旎的、柔媚的、绰约的……青年女子的青涩、中年女子的风韵、老年女子的优雅，一袭旗袍总能穿出百样风情。旗袍之于女人，始终是其他服饰无法替代的。印象中，旧上海十里洋场的名媛们，各自压轴夺眼的服饰，总是一袭华美的旗袍，好像《花样年华》里走出的张曼玉，穿着紧身旗袍，舞蹈般优雅地走在小街的石板路上，真是美丽的场景。

旗袍给我的印象是文静、清雅、低调的。我觉得，没有任何一款服装比旗袍更能展现一个人的气质，一个女人能把旗袍穿得好看，那么她的身材可经得住任何服装的拣选。提及旗袍，总会自然地想起几个著名的女人，一袭华丽或朴素的旗袍，外罩一件镂空网眼的罩衫，风一样掠过如斯年华，如张爱玲、苏青、冰心等。张爱玲几

乎所有的照片，都用素雅的旗袍衬出桀骜不驯的表情，只一个转身，便成了永恒。

旗袍，顾名思义，旗人的袍子，原本宽大，镶滚，起始名和造型都带有满族色彩，伴随满族人入主中原而进入内地，并成为中国女性的传统服饰。其后，又吸纳了更多的汉族文化元素，如立领、斜襟、盘扣、丝绸制造、刺绣工艺等等，在近代生活的变迁中，又引进了西方的某些审美元素，由含蓄走向开放，譬如修身、无袖、及膝、高开叉……可谓是中西合璧，满汉结合。

旗袍独特的设计，让每个穿着者都会有意无意地注意体态，无论站着还是坐着，都会抬头挺胸，保持优雅。穿上旗袍，身材凹凸有致，再配上自身内敛的气质，便成为众人瞩目的焦点。换句话说，每个女人都可以找到一件适合自己的旗袍，穿上旗袍，立刻集性感和优雅于一身。

记忆中，从江南移居苏北的奶奶极爱旗袍，她总是身穿一件改良过的粗布旗袍。每当梧桐花开的时候，她喜欢躺在树下，或打着瞌睡，或凝神望着天空。阳光穿过梧桐树的间隙照下来，斑驳的光影投在奶奶的粗布旗袍上，她花白的头发在阳光的投射下熠熠发光。在弥漫着梧桐花香甜气息的空气里，似乎听得到她平缓的呼吸。

母亲也有十多件旗袍，长的长及脚踝，短的仅可及膝，开衩高的、低的，袖子长的、短的，锦缎的富贵，布质的朴素。平日里，母亲很少穿，而是将它们压在樟木箱子里。溽暑时节，母亲"啪"

地一下打开箱子，像阳光下成熟的豆荚，欢欣鼓舞地裂开了。那光彩夺目的被面，绣了花的枕套，连同一件件美轮美奂的旗袍，被挂起来、晾起来，让人不由自主地浮想联翩。

在扑面而来的樟脑气息背后，充满着闺阁之气的心事，像满箱子绫罗绸缎的旗袍一样闪闪烁烁，让人走神，让人回味，让人在东山墙的阴凉里余音袅袅地说起往昔来。依稀记得，我喜欢在挂着晾着的衣物里穿梭，在体会屏障带来的含蓄和神秘的同时，也感受到了旗袍的丝滑与美丽。

对于旗袍，爱人是由衷的喜爱。至今，已经拥有了五十多件旗袍，有订做的，有买的，有亲手做。于她而言，旗袍并不是只有在特定场合，或是周末聚会才能"隆重登场"的服饰，只要天气允许，平常出门她都会用旗袍搭配不同的服饰，整个人也变得更有气质起来。旗袍足以点亮女性的魅力，无论年龄、肤色，她们都能在旗袍的衬托下，格外亮丽。

细究起来，旗袍一直都没有脱离我们的视野，简约的造型、多彩的织锦、贴身的剪裁，还有精细的滚边、多样化的盘扣等极为考究的细节，吸引了越来越多人的目光。宠爱旗袍的女性越来越多，且旗袍慢慢呈现时装化的趋势。婚礼现场上，酒会上，似乎都少不了旗袍的身影，它成了女性不约而同的秘密，频频地闪现着风姿。

旗袍之所以受人青睐，因为它拥有似水流年的真髓，衣光鬓影之间是留声机那悠悠的流金岁月的嘎嘎声，韵味无穷。一袭黑色的旗袍，神秘、高贵、雍容、不凡，白山黑水般的搭配，水墨画的洇染技巧，似一个女人青春与生命的默默自燃。贵族蓝，沉静、柔和、忧郁，如工笔画跃然纸上，隐在纸底的枝叶花朵，点缀烘托出一只啁啾可闻的鸟儿，似乎蕴含着一段曾经沧海的情感。

旗袍，堪称中国女人的国服，它像是一阕婉约的词、一首明媚的诗。旗袍并不是华丽的代名词，棉布也可做旗袍，生活在巷子里的普通人也可穿旗袍而且可以穿得那么美，那么典雅，那么随意。旗袍的韵致与美丽成全了一个女人的婀娜与风情，让她们无论走到哪里，都是一道吸引人目光的风景。"风情万种锁春晖"，如果说一个女人的一生必须拥有几件东西，那么一件做工精良的旗袍，一定是不可少的！

· 梳妆台 ·

一

妆匣已满迷人眼

爱美之心人皆有之，古代女子也好，现代女子也罢，一张精美的梳妆台是不可或缺的。梳妆台是陪伴女人一生的美丽情结，承载着女人对美的渴望，也收藏着浪漫的秘密。对于她们来说，每一段端坐在妆台前的时光，都是优雅的，都是温婉的，都是迷人的。若是生活中缺少了梳妆台，似乎生活也会变得不完整，那也将是一种不可弥补的缺憾。

梳妆台一般由梳妆镜、台面、抽屉等组成，像一个百宝箱，充满了神秘与美好。我接触的第一个梳妆台是母亲的，它是那个年代少见的陪嫁品，也是家里像模像样的家具之一。梳妆台由底座和镜子组成，底座为木质，下面有两层抽屉，用来放梳子、皮筋等物品。底座两侧是木框，上面雕刻着花鸟，四周有刻槽，可以将镜子稳稳当当地镶嵌在其中。

记忆里，母亲的梳妆台上并没有多少化妆品，雪花膏、护发素、胭脂等是后来才有的。雪花膏每天都要抹，胭脂粉只有学校文艺演出时，母亲才在我的脸上涂上一些。第一次擦粉时，我非常扭捏，可是等到学校里，发现男女同学，都是清一色的红腮帮，心里才释然起来。梳妆台也是我最爱倒腾的宝库，抽屉里放着喜欢的蜡笔、徽章、贺年卡等小东西。没事的时候就掏出来看看，这在当时也是一种乐趣。

对梳妆台的浪漫印象，来自古人的诗里、词里。唐人温庭筠写下了"懒起画蛾眉，弄妆梳洗迟。照花前后镜，花面交相映"的词句，那是一抹多么动人的风情。唐人杜牧在《阿房宫赋》中描写了宫女们梳妆的场景："明星荧荧，开妆镜也；绿云扰扰，梳晓鬟也；渭流涨腻，弃脂水也。"由此可见秦朝女子梳妆的盛况。宋人苏轼在悼念亡妻时，最让他念念不忘的是妻子"小轩窗，正梳妆"的情景。

再后来看古装戏，梳妆台是经常定格的镜头。旧时的女子喜欢借梳妆以增色，对梳妆台更是一往情深，千年不改。红罗垂挂，香氛袅袅，一位女子静坐于华丽的梳妆台前，或梳理云鬟，或贴花黄、点绛唇，或定定地看着妆镜中的容颜，她们在一笔一笔的描绘中，让自己精致起来，妩媚起来。在梳妆台的那一方天地中，既有倾国倾城的嫣然一笑，也有"悔教夫婿觅封侯"的惆怅。

穿越时空，可见百年前甚至千年前梳妆台前的面孔。最传奇的当属慈禧，储秀宫的十年梳妆台生活，当是她最有女人味的时光，也是她最不能忘、时常想起的时光。历史在无情地老去，梳妆台却记录着岁月的流逝、年华的更改，它让那一种女性独有的风情从中散发出来，摇曳生姿。如今，梳妆台依然是女人们的心爱之物，用以存放琳琅满目的护肤品、化妆品。

如今，陪伴了母亲老去、陪伴了我成长的梳妆台，依然不曾老去，依然发挥着作用。现在重新审视，才发现母亲的梳妆台是一件不可多得的宝贝。红木的质地，朴素庄重的造型，古色古香。各个柜面靠榫卯相连，简洁自然。台面的纹理对称优美，有的似曲径通幽，有的似重峦叠嶂，赏心悦目。那些花鸟花纹，形象逼真，生动灵活，意蕴深远，仿佛将你带入一幅美丽的画卷。

母亲的梳妆台如今成了爱人的最爱，早晨、晚上，她对着梳妆台忙碌一番，寻常的日子也有了别样的色彩。在周末风轻云柔的午后，我窝在柔软的沙发上看书，她则坐于梳妆台前涂涂画画，在静静流淌的时光中，感受生活的温馨与甜美。女儿出生之后，爱人就在梳妆台前，给女儿梳各式各样的辫子，让那一张小脸也异常生动起来。

梳妆台最能体现女人的味道，诗人徐志摩在一首诗中写道："最是那一低头的温柔，像一朵水莲花不胜凉风的娇羞。"在我看来，诗人定是看了一名女子梳妆时的情形，才会写出如此动人的诗句。除去梳妆台，梳妆盒同样美轮美奂，风情无限。看过一款金枝玉叶漆器梳妆盒，盒面上镶嵌了珊瑚、碧玉、珍珠、翡翠、玛瑙等百宝，以金丝为枝干，以百宝为花，手工细腻，栩栩如生。我想任何一名女子，见到这样的梳妆盒都会萌生一种无比美好的心情。

对女人而言，梳妆台不仅仅是一件家具，更是一种精致生活的装饰物。它代表了旖旎的风光，最能寄托一个女子的遐思。光阴易逝、韶华易老，梳妆台永远让人身心两悦。它像一首老歌，每一个流动的音符中都蕴含着深深的韵味，让端坐在它之前的女人散发出古典的浪漫气息和万千的风情。

· 梳篦 ·

一

梳齿间的细光阴

梳篦是一种古老的与头发不离不弃的物件，也是日常生活必备的秘密之物、妆饰之物。无论男女，无论老少，都要梳头，都要与它亲密接触。齿稀的为梳，用来梳理头发；齿密的为篦，用来清除发间的污垢。梳篦做的是头上的功夫，既能保持头发的清洁，使人焕发容光，亦可促进新陈代谢，有延年益寿的功效。

梳篦的材质很多，有竹、木、玉石、牛角、象牙等，形状亦各有千秋。最常见的是竹质的，质地坚硬、富有韧性，且经久耐用。有一次回家，见母亲坐在沙发上看电视，手里拿着一把篦子。那把篦子是奶奶生前最喜爱的，用黄杨木制成，木质细腻、纹理清晰、齿浑润滑。看着那经受了时光侵蚀的篦子，我一下子想起了与梳篦有关的日子，那些深藏已久的记忆霎时奔涌而出。

自从我有了记忆，奶奶就永远地苍老了，她的脸上布满了老树皮般的皱纹，那是无情的岁月留下的痕迹。老去的奶奶最喜欢坐在院子里的石榴树下，把她的发髻解开，用密齿的梳篦，一点点、仔细地将满头的白发疏通、梳顺。那份坦然从容、那份气定神闲、那份心满意足，让我至今难忘。

一年仲夏，我刚购得一台照相机，便想给奶奶拍几张照片。一辈子几乎没怎么拍过照片的奶奶慌了，连忙打水、洗脸、换衣，用梳篦把她满头的白发梳了又梳，而后端坐在院门前开满了小黄花的黄瓜藤下。我问奶奶："您准备好了吗？"奶奶忙理理衣角，展开一个笑容，咧开缺牙的嘴问："我这样笑行吗？"就在此时，我按下了快门。照片洗出来，效果出奇的好，奶奶那满脸的笑，璀璨得像满藤的小黄花。

小时候最不喜欢梳头，母亲就强迫我梳头，那可是一件痛苦的事情。那时比较贪玩，一有时间，就和小伙伴们疯跑、打闹，在田野里玩耍，满头大汗的我常常沾满泥土，尤其是头发上，干了的时候像毡片子。回到家，一定会迎来母亲的一顿臭骂。当时不讲究洗头洗澡，奶奶就用梳篦硬生生地把粘在一起的头发梳开，疼得像在拔头发，所以在童年的记忆里我是不喜欢梳头的，或者说是惧怕梳篦的。

相比而言，长发飘飘的姐姐极爱梳篦，没事的时候，就对着镜子梳头，乌黑的长发如水般从齿缝间泻落。看着姐姐的样子，我经常想到古代女子对镜梳理青丝的画面，轩窗独倚，长发如瀑，梳篦

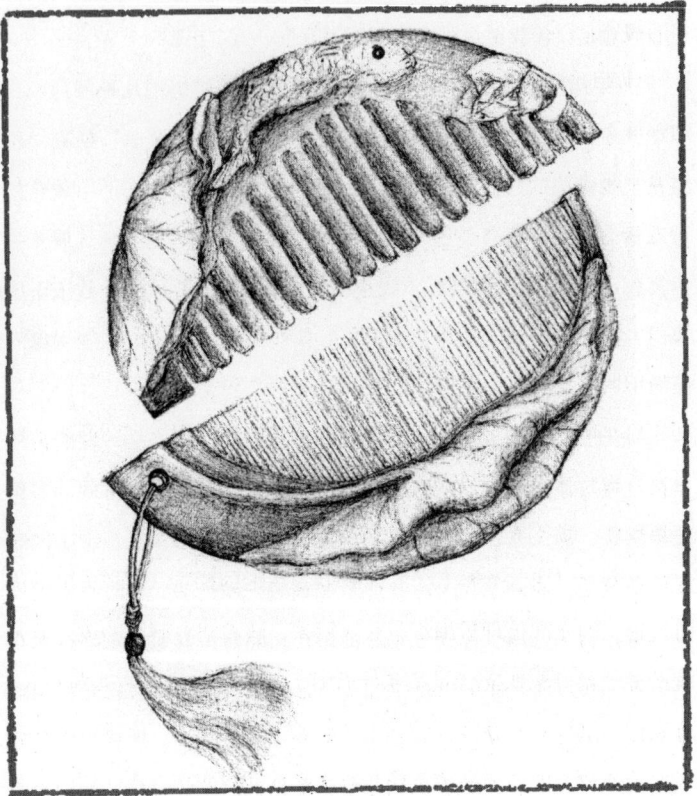

游走，那样的情景总是动人心神。一年年，一岁岁，梳篦在时光里老去，却因为头油的滋润而越发有了质感。少女的岁月也在梳齿间流走了，姐姐到了谈婚论嫁的年龄。在出嫁的陪奁中，梳篦是少不了的物件。按照习俗，奶奶要给姐姐梳头。她一边梳，一边念叨着："一梳梳到底，二梳白发齐眉，三梳子孙满堂……"我看见奶奶喜悦的神情下，更多的是不舍。姐姐的发丝拂在我的脸上，让我也有了想哭的冲动。

不知是何原因，小时候对梳篦深恶痛绝的我，长大后却喜欢上梳篦，只要遇上不同材质、不同款式的梳篦，我都会收入囊中，像是为了弥补曾经对梳篦的不屑。后来离家外出，一个人上学、打拼，没事的时候，就喜欢拿起梳篦，轻轻地梳理头发，似乎一身的疲惫都在梳篦的梳齿间消失殆尽，整个人变得轻松起来、爽朗起来，丝毫没有古代女子那种"朝梳和叠云，到暮不成雨。一日变千丝，只作愁机杼"的哀怨。

梳篦代表着一个时代，是一种特定生活的标志，它把曾经的岁月、曾经的光阴梳理得细细长长。后来，随着塑料制品的流行，传统的梳篦渐渐被眼花缭乱的梳子代替，用梳篦的人也越来越少了，唯独像我这样对它情有独钟的人还恋恋不舍。如今，梳篦带着穿越无尽沧桑时光的芬芳，蕴敛成我心底永远的眷恋，当我回望时，神采飞扬，温暖无比。

· 雪花膏 ·

一

旧时光的味道

　　雪花膏，仅仅听名字就让人觉得是一种无限美好的东西。实际上，确实如此。雪花膏是一种白白的、软软的护肤品，因其涂在皮肤上会像雪花一样很快消失，故名雪花膏。在相当长的一段岁月里，它是一代人的护肤圣品。对于雪花膏的印象，我非常深刻，因为雪花膏的味道，就是母亲的味道，就是旧日时光的味道。

　　小时候，生活总是与贫穷联系在一起。父亲常年奔波在外，家里的一切都交给了母亲操持，下地、割草、做家务，母亲就像上紧了的发条在永不疲倦地忙碌着。即便如此，母亲的爱美之心从来没有消减过。对她来说，最美好的事情，莫过于对着镜子搽雪花膏了。

　　父亲第一次从外面回来时，除去给我们带的吃食，还给母亲买了一瓶雅霜牌雪花膏。绿色的铁盖下是光洁的白瓷瓶，里面装着白白的、水水的雪花膏，打开瓶盖有一股子扑鼻而来的香甜味道。每天清晨，母亲洗完脸，用手指轻轻地蘸一下雪花膏，涂在脸上，仿佛整张脸都有了光泽，整个人也更加有了精神。有时，趁母亲不注意，我也会偷偷地涂点在脸上，那是我童年最美好的记忆。

记忆里，雪花膏的牌子很多，除去"雅似幽兰，洁同霜雪"的雅霜牌，还有友谊牌、红梅牌、百雀羚牌。最初的包装是海派风情浓郁的月份牌，印象最深的是铁盒装的百雀羚雪花膏，铁盒是圆形的蓝色盒子，上面是四只可爱的小鸟，两只在空中展翅，两只在树枝上休憩，传神而生动。我一下子就喜欢上了它，天天盯着它，盼望母亲赶紧把它用完，好据为己有。

雪花膏虽然只有几毛钱，却是当时最奢侈的化妆品，也是风靡一时的化妆品。俗话说"一白遮百丑"，意思是女人只要皮肤白皙嫩洁，给人的感觉就会清秀端正。所以，雪花膏无论是如脂如玉的膏体，还是香甜的味道，都让那个时代的女性为之恋恋不舍。无论农活有多忙，每天早晨起来，洗过脸，她们都忙不迭地在脸上搽上一层雪花膏，仿佛那薄薄的一层雪花膏让一天的时光都充满了芬芳的气息。

当时，雪花膏俗称"香香"，尤其是小孩子之间，上学路上的第一件事就是问："你抹香香了吗？"这可是容不得撒谎的，因为只需一闻，谎言就不攻自破了。每每这个时候，抹了"香香"的小伙伴，会把头抬得高高的，像一只骄傲的孔雀；没抹的，则低下头，像犯了错误一般，小声地解释，我今天忘抹了，是那样的底气不足，现在

想来真是青春年少啊。

印象里，雪花膏是当时生活的一种符号，代表了人们对美的追求，无论生活多么艰难，仍保持了一份美好的心境。隔壁一位比我略长几岁的姐姐，对雪花膏的热爱达到了极致，最让我羡慕的是，她有一瓶独属于自己的雪花膏。每天洗漱后的第一件事，就是对着镜子，往脸上搽雪花膏。等瓶内的雪花膏用完了，她就拿着空瓶子去供销社，买些零售的雪花膏回来，给人一种用之不竭的感觉。

时光在雪花膏散发的香气中渐渐变老，雪花膏也慢慢成了历史名词。可我对它的感情却没有变淡，有一天，无意中在网上看到了一款香约牌的双生花雪花膏，我一下子就被它吸引了。盒子的包装和那时的月份牌相仿，让我顿时有一种时光倒流的感觉，好像又回到了物质匮乏、精神却极度富足的年代，回到了那个恋恋雪花膏的年代。于是，毫不犹豫地买了两盒，一盒送给母亲，一盒留给自己。因为我知道，母亲一直对香透了整个人生岁月的雪花膏念念不忘。

时光荏苒，如今的化妆品、护肤品可谓是花样繁多、琳琅满目，令人眼花缭乱。雪花膏的踪影也难以寻觅到，庆幸的是我保留了许多雪花膏的瓶子，虽然都是空的，但曾经留给人的呵护和美好是永远带不走的。每次看到它们，都会勾起我对过去岁月的回忆，那么温暖，那么甜蜜。

· 胭脂盒 ·

—

红颜一场羞

胭脂是一个无比美丽、无比动听的名字，细细咀嚼这两个字，让人油然而生一种说不出的风情与惊艳。真是佩服古人，有那么美好和具体生动的想象力，把这两个字巧妙地搭配结合在一起，极具诗的意蕴，给人无限遐想。千百年来，胭脂让无数的女子为之心旌摇曳，亦令无数的男子为之倾心折腰。

古代的女子对妆容的注重，远远超出了我们的想象，以胭脂为例，她们对此有着异乎寻常的感情。胭脂作为一种古来有之的化妆品，早在商周时期便被广泛使用。它有着销魂的颜色、香软的味道，更加可人的是涂于两颊后会晕染出淡淡的娇柔，让每一个佳人在它的渲染下，定格成了一种永恒的美丽。若是女子的脸颊少了胭脂的颜色，再美丽的容颜也会少了些许妩媚和风情。

因胭脂大肆流行，其制作方法、香味成色都有一整套严格的流程，且逐渐出现了专门用于盛放胭脂的盒子。胭脂盒在时光中一路走来，越来越精致，也因此成为古代女子闺房的必备之物。在幽暗的闺房里，它们是那么的鲜亮，也成为憧憬幸福生活的载体。以至于在千年、百年后的今日，那些胭脂盒依然魅力无穷，依然吸引着人们的目光，似乎可以通过它们去遥想一个时代的美丽与风韵。

　　胭脂盒虽为闺房用品，但与砚台、笔洗等文房用品一样，体现了当时中上层社会的审美趣味与艺术追求，颇有个性与风采，这也是胭脂盒深受人们喜爱的原因。千百年来，不仅文人墨客喜欢收藏，连皇室也将目光停留在那一个个小小的盒子上。胭脂盒传递着对美好生活的憧憬，体现了一个个历史时期的人文特色，蕴含着浓厚的文化气息。如唐宋以青瓷、白瓷居多，明清则更加多样，在以瓷、玉为主的同时，亦有金属、珐琅、漆器等稀有材质，可谓异彩纷呈。

　　对于胭脂、对于胭脂盒，我有一种莫名的偏爱，只要遇上了，大都不会错过。如今，那些脂粉盒成了一道靓丽的风景，和田玉的、青花瓷的、粉彩的、越窑青瓷的、浅绛彩的、珐琅彩的……盒子材质不同、图案不同，却无一不器形完整，颜色光亮，似乎胭脂已把整个器物都浸染透了。它们好像也超出了单纯作为器物的存在，是历史庭院里的一枝秀丽的春色，一抹动人的风韵。

　　在我收藏的脂粉盒中，最珍贵的是一个圆形的越窑青瓷粉盒，做工精巧，通体施粉青釉，釉层莹润，光照见影。盒盖上凸印着一条昂首向上的飞龙，龙身盘旋，气韵生动。龙的周围是凸起来的朵朵祥云，造型自然，构成了一个让人叹为观止的画面。最为奇特的是，摸上去纹路清晰，动感十足，让人不由得叹服前人那份高超的技艺。

颜色最鲜艳的是一个晚清时期的粉彩麒麟送子粉盒，器型规整，纹饰疏密有序，质地细腻轻盈，色泽明亮柔丽，彩料浓淡自然，给人以喜庆之感。画面上，一名童子骑坐在一只麒麟之上，发型服饰、神态动作，均描绘得细腻逼真，勾勒得自然流畅，似乎真能眉目传神。童子身下的麒麟，龙头、蛇肚、牛身、兽蹄足、阔叶尾，构图合理，纹饰栩栩如生，体现出极高的工艺水准。

女人因胭脂而美丽，那鲜红的颜色让古往今来的女子们甘心成为它的俘虏。随便翻开一个朝代的诗册，都有关于红妆的诗句，它们散发着胭脂所独有的诗意与芬芳。最喜欢《开元天宝遗事》中关于杨贵妃的一段记载："贵妃每至夏月，常衣轻绡，使侍儿交扇鼓风，犹不解其热。每有汗出，红腻而多香，或拭之于巾帕之上，其色如桃红也。"这是多么地香艳，多么地暧昧，多么地引人遐想。

同样，胭脂也因一个个的女子而有生命，而有了存在的意义。那一个又一个的胭脂盒就是当年潮流之美的缩影，将它们收归己有，就是在收藏一份前朝的时尚，一份美丽的心情。赏看、抚摸它们，我会发出一声由衷的赞叹，那是对传统工艺的致敬，更是对一份时尚和美丽的追慕。我好像从那一个个独具特色的胭脂盒看到了一个又一个端庄秀丽的女子，她们或贴花黄，或点朱唇，或挽青丝……

·指甲油·

—

指尖风情最风流

"女为悦己者容",爱美永远是女人的天性。从古至今,女人对美的追求总是不遗余力的,除去花枝招展的衣服,哪怕是指尖也要有俏丽的颜色,也要美丽不可方物。因为那份爱美之心,女人们的聪明得到了充分展示,从凤仙花到指甲油,她们的指尖变化出无与伦比的色彩,人生也因此斑斓起来。

指甲油的诞生绝对是追求美的结果,自从五颜六色的指甲油被发明出来,几乎没有女人可以拒绝它的魅力、它的吸引力。哪怕是堪称"传奇"的一代才女张爱玲亦不例外。相传有一次她和美国普利策奖获奖作家马宽德一起吃饭,特意在脚上涂了绿色指甲油。结果马宽德甚是奇怪,便忍不住问起她为何脚指头涂着绿彩,让张爱玲一时颇为窘迫,连忙说是外用药膏。传奇如张爱玲也会做出如此的举动来,可见指甲油的诱惑之大。

女性染指甲的风俗由来已久，早在唐代就已经广为流行了。据明人的《古今事物考》记载："唐杨贵妃生而手足爪甲红……宫中效之，此其始也。"从此，古代的女子们又多了一项悦己悦人的妆饰。唐代诗人张祜有诗云："十指纤纤玉笋红，雁行轻遏翠弦中。""玉笋红"指的就是染过的娇红指甲。清代诗人袁景澜也有"夜听金盆捣凤仙，纤纤指甲染红鲜"的诗句。

相比今人用的指甲油，古人美甲采用的是植物的花汁，最常用的是名为凤仙花的花草。"捣碎，加明矾，敷于指甲上，用片帛缠住过夜，连续三五次，颜色艳若胭脂。"因女人常用它来染指甲，红鲜可爱，故人们又将这种花称作指甲花。元末明初的诗人杨维桢更是写下了一首又一首的诗，来描绘美人娇艳的指甲，如："夜捣守宫金凤蕊，十尖尽换红雅嘴。闲来一曲鼓瑶琴，数点桃花泛流水。"

对于凤仙花我是不陌生的，它是儿时记忆里最美的花、最艳的花、最讨人喜欢的花。清明过后，随便在房前屋后撒上些种子，便可以等着它们破土、吐绿、绽放了。凤仙花茎枝肥厚，光滑油亮，嫩嫩的仿佛能掐出水来。每年七月，在那些锯齿形的绿叶中间，会密密麻麻地开满红的、紫的、粉的、白的花，它们随风浮动着点点的清香。因其花若凤蝶状，故名凤仙花。

凤仙花开的季节，正是染指甲的好时节，正像前人所总结的一样：七月七，"女乞巧于庭，捣凤仙花，以染指甲，红如琥珀，累月不去"。傍晚时分，将凤仙花摘下来，切碎，加盐或矾，放于碗中慢慢捣成浆。那浆是紫红色的，看着就无比惊艳。洗过澡，就一门心思染起指甲来。包扎好手的孩子们，钻进被窝后依然兴奋得睡不着，然后带着美滋滋的等待进入甜蜜的梦。

凤仙花是属于女孩子的花，比起其他的化妆，染指甲的成本最低，或者说不需要成本。想美的时候，摘几瓣花，揉碎了敷在指甲上，裹上向日葵叶子，再美美地睡一觉，指甲就在梦里浸润了它的红。在那个美很简朴的年代，凤仙花教会了女孩们如何熠熠生辉。当时，用凤仙花染指甲几乎是一项全民行动，若是哪个女孩没有用凤仙花染过指甲，那才是一件不可思议的事情。

不知何时起，凤仙花从农村的房前屋后、从城市的街头巷尾消失了，连农村姑娘也不涂凤仙花，改涂指甲油了。指甲油刚流行的时候，那一个个小小的瓶子装满了五颜六色的液体，也装点了无数女孩的梦。于是，一个个女孩的书包里、抽屉里，都有一瓶红的、蓝的、紫的指甲油。寻常的日子，似乎就在指甲油的色彩中斑斓起来，快乐起来。

姐姐痴迷指甲油，收藏了近百个大大小小的指甲油瓶子。她出嫁时，将那些小瓶子送给了我，因为她知道我从小就喜欢收集"破烂"。后来爱人看到那些已经干了的指甲油，发出了惊叹声，因为她也是一名"指甲油控"。她甚至用"香精水"将那些干了的指甲油稀释，但却没有了涂抹的欲望。没想到的是，年幼的女儿竟用来作画，在纸上、在瓶子上涂涂抹抹，这也算是指甲油的轮回吧！

时光逝去，让人意想不到的是，曾经漫不经心的美甲，竟成了一种职业，甚至出现了专门的美甲店，让诸多女性趋之若鹜。在这个崇尚时尚的时代，染指甲亦是蔚然成风，女士们将五彩斑斓的颜色涂于指甲之上，与纤纤玉指相映成趣，诠释着一抹动人的指尖上的风情与风流。

· 戒指 ·

—

一诺千金终相守

　　喜欢首饰是女人的天性，在诸多首饰中，她们最钟情的可能是一枚小小的戒指。戒指虽小，可是对于一个女人来说，总有一种说不清道不明的情愫在里面。年轻也好，年老也罢，当手指戴上一枚戒指时，心里都会有一种悸动。从此，就要与那个给她佩戴戒指的人共度人生，共同在生活的舞台上谱写一诺千金的感情剧。

　　戒指是一种古老的饰物，其历史可追溯至新石器时代。东汉时期，民间的男女就已通过赠送戒指来表达爱慕之情了。唐代以后，戒指作为男女之间定情信物的习俗更加盛行，并一直延续至今。在小小的指环里，藏着无数的故事、无数的情感。每每看到那些经受过历史风雨侵蚀的古老戒指，我都会情不自禁地幻想它们曾戴在何等的纤纤玉手之上，当时又发生了怎样的故事。

　　戒指又名指环、手记、代指、约指等。我最喜欢指环的称呼，因为暗含循环往复、永无终极之意，藏着中国传统文化的深蕴。喜欢唐代传奇小说《李章武传》中的一个情节："章武系事，告归长安，（与王氏子妇）殷勤叙别。章武留交颈鸳鸯绮一端……子妇答白玉指环一，又赠诗曰：捻指环相思，见环重相忆。愿君永持玩，循环无终极。"在这里，指环表达了情人之间相思无绝期的情愫。

相比东方人的含蓄，西方人就直接了许多，热烈了许多。一位朋友曾对我说，你知道为什么已婚的女子要将戒指戴在无名指上吗，是因为这根手指上有一条血管直通心脏。戴上戒指，就代表着一个男人对爱人一生至高的承诺，也意味着将女子的心给锁住了，一生一世只爱一人。这一习俗虽无法考究，却永久地流传了下来。无论男女，都希望与一个真心相爱的人白头偕老。

对于戒指的最初印象来自奶奶。很小的时候，奶奶有一枚银戒指，造型是一朵盛开的梅花，因为氧化的缘故，看上去颇有年代感。平时奶奶不戴，只有在重要的节日里，或遇到红白喜事，奶奶才小心翼翼从箱子里拿出来，戴在手指上。有一次，我按捺不住好奇，偷偷地将戒指从箱子里拿出来，还没等我瞧仔细，就被奶奶发现了，她一改平时的温和、慈祥，狠狠地凶了我一顿。

从此，戒指在我的心底深处扎下了根。伴着年纪的增长，对戒指的热情越来越浓厚，尤其喜欢那些款式奇怪的老戒指。正是因为这个喜好，也触动了一个女孩的心，并和她一起步入了婚姻的殿堂。结婚时，我送给她的是一个心形的白蜜蜡戒指，颜色亮白，如我们的爱情一般纯净无杂。那段时间，我们最快乐的事情，就是待在精心营造的"小巢"里，把玩那一枚枚的戒指，品咂生活的温馨与美好。

对一般人来说，镶嵌宝石的戒指是最受欢迎的。清代的慈禧就极其钟爱碧玺，死了也不忘把宝贝带在身旁。相传她下葬时，除了戒指、朝珠、手串、帽花等碧玺饰品外，连脚下都要踩着一对碧玺莲花，把对碧玺的喜爱发挥到了极致。我和爱人都不喜欢钻石戒指，虽然很美，总感觉冷冰冰的，缺少一分熨帖灵魂的热度。相比之下，更喜欢玉的、翡翠的，它们更加灵动，更富有生气。

在爱人的梳妆盒里，有几枚用古瓷片做成的戒指，纯银包嵌，戒面是一块块纹饰各不相同的古瓷。有一次，与一位同样偏好古瓷片的朋友交流，他将瓷片打磨做成挂件，或是镶在镜框里，别有一番风情。当时我想何不将古瓷片做成戒指呢？这个念头一经萌发，便立刻长成了参天大树。经过一次又一次努力，终于实现了银和瓷片的完美结合，将一个年代历史的沉淀定格，也让那份古典的美丽穿透岁月，在我们的身边活色生香。

瓷片戒指适合那些不喜张扬却又极有品位的人，她们看到那一枚枚独一无二的戒指时，像小孩看到了糖果一般，那是赤裸裸的不加掩饰的喜欢。当时做的最多的是青花瓷片戒面，有花卉、有飞禽、有游鱼、有风景、有人物、有汉字……无论哪一种都精美绝伦，让人爱不释手。一位朋友要结婚，想要一对别致些的瓷片戒指，碰巧淘到了一对"囍"字青花瓷片，于是那对戒指就成了婚礼上最美的风景。

对于女人来说，最幸福的时刻，就是一位男士给她的纤纤葱指戴上一枚戒指，最幸福的事情，就是"执子之手，与子偕老"！我常常看到一些白发苍苍的老夫妻，在布满皱纹的手上，却有一枚戒指散发着光芒，那是一种隐藏不住的幸福的气息，那是一种让人感动和温暖的爱情。在为他们衷心祝福的同时，我也生出一分羡慕：等到自己花甲之年时，也会拥有如此温馨的气氛和平淡温软的心境，并直至人生的终点！

· 玉饰 ·

—

冰晶玉肌飘清韵

　　玉石是一种得天地灵气的神奇之物，古往今来，无论是文人雅士、帝王将相，还是豪门千金、美貌淑女，都唯玉是尚。在人们的心目中，玉简直是美的化身。对于女子而言，玉是与爱情、雅致联系在一起的，玉装饰了她们的梦，点缀了她们光艳的生命和生活。自从朋友赠我一块小小的佩玉后，我便开始与玉结缘，与之有了爱与被爱、藏与被藏、养与被养的关系。

　　朋友送我的那块玉，是一块有了些年头的和田佩玉，上面雕刻着荷花、金鱼，取"连年有余、金玉满堂"的寓意，画面充满了浓郁的民俗风情，古香古色，不必言其雕琢风格，单看包浆程度便美艳不可方物。据《玉纪》载："凡三代以上旧玉，初出土时质地松软，不可骤盘，只可在手中抚摩或藏于贴身，常得人气养之……养之年久，地涨自然透出，层厚一层，渐渐复硬，再挂再养，包浆亦自然徐徐铺满，还原十足，酷似宝石。"

在诸多饰物中，玉是永恒的流行饰品。"玉在人则气质佳"，佩玉的女子总有一种说不完道不尽的婉约，有一脉脉一丝丝的古典风情。中国的女子似乎与玉有着先天的感应，即使第一次见到玉，也会对它产生特殊的亲切感，玉让所有的女子都能接受。玉那种静静栖于一处、不事张扬的内敛，那种蕴含在极深处的世事沧桑，像极了中国的女子，虽历经世事，仍不染风尘。

对温润莹洁、含蓄细致的玉，我有着近乎痴迷的偏爱。我喜欢玉的程度远胜于钻石，因为玉总给人一种自然的美与神韵。玉可直接做成戒指、镯子或簪笄之类，玉坠、玉佩所需的也只是一根丝绳的编结，要比金属冷冷硬硬的镶嵌好。不佩戴的玉也是好的，在手中把玩别有一番情趣。我曾淘得一件和田玉籽料蝉挂件，色泽纯正，沉稳内敛，雕刻精美，将玉蝉的外形雕刻得惟妙惟肖，带给人一种精神的喜悦和心灵的欢快。

玉像爱情，一个女子能赢得多少爱情完全视对方为她着迷的程度。玉石亦是如此，其间并没有太多法则可循。玉有其客观标准，如质地、硬度、透明度、比重、颜色、声音等，这些都可以讨论，然论玉论到最后关头，只剩下喜欢二字。"世界上没有两片相同的叶子"，玉亦如此。由于石料不同、技术水平不等、审美观念偏差，因此要找一模一样的玉，那是一点可能都没有的。所以，每一块玉无论贵贱精粗都是天地间独一无二的。

有一次，出差乌鲁木齐，我相中了一件竹节和田玉挂件，莹洁腻滑的表面散发着摄人心魄的光泽，纳入掌心的感觉先是凉沁的，渐渐地温润起来。付款时，店主一再强调价格再便宜不过了。我笑笑没说话，他以为我不信，又加上一句："真的，不过这也有缘故，你猜为什么？""我知道，它有斑点。"本来不想说的，被他一逼，只好说了。"哎呀，原来你看出来了。玉石这种东西有斑点就差了，要是没有斑点，那价钱可就不得了啦！"

　　对于店主的话，我当作了耳旁风，付了钱，尽快走开了。我不知道为什么要说有斑点的东西不好，虎有纹，豹有斑，又有谁嫌弃过它的皮毛不够纯色呢？所有的无瑕是一样的，因为全是百分之百的纯洁透明。瑕疵斑点却面目各自不同，有的斑痕像藓苔数点，有的是砂岸逶迤，有的是孤云独去，细细玩味起来，反而令人欣然心喜，像这件玉，斑点在竹节底部，显得更加自然灵动。

　　"玉在山而草木润，玉在河则河水清，玉在人则气质佳。"明人李时珍《本草纲目》中称玉可以"安魂魄，疏血脉，润心肺，明耳目，柔筋强骨……"所以，古往今来人们养生不离玉，嗜玉成癖如宋徽宗，含玉镇暑如杨贵妃，持玉拂面如慈禧太后……据说这是因为玉石中富含多种矿物元素，长期佩戴，会慢慢让人体吸收达到保健的作用。

　　佩玉的人总相信玉会戴活的，正像俗话所说的"人养玉，玉养人"。别人不知是何想法，我是深信不疑的。一块玉在与肌肤的日夜相亲相随中，渐渐变得细致、柔润。一个人在与玉年年月月的长相厮守中，亦会变得莹秀、温润。"君子比得于玉"，我总是随身佩戴一块玉，亦虔诚地期待我能同玉一样质地洁净，一样致密坚实。

　　玉并非简单的装饰品，它具有无比的灵性，让世间的一切金银珠宝都难以企及。它从历史深处走来，佩戴它犹如将一个奥秘无穷的大千世界戴在身边。我一直坚信玉是有生命的，否则不会穿越两千年的尘世与我相遇，我也知道它的生命仍将不断地延续下去。

·香囊·

—

胸前结香淡着衣

香囊是一种越千年而遗韵不减的古老装饰物，它曾是面见长辈时需佩戴的随身之物，亦是恋人们传递情愫之物。岁月擦身而过，带走了无数美好的记忆。在千百年的时光中，香囊这个精巧无比的物件，被无数次地从一只含情脉脉的手中递到另一只含情脉脉的手中。它依旧沾染着生气，保留着古朴之美，传达着旧时遥远美好的情怀。

香囊为随身之物，白天佩戴，夜晚置于枕头下，日夜都被香气围绕。旧时，佩戴香囊并不是女性的专利，亦是男子随身之物。相传在汉代宫廷中，尚书郎必须"怀香袖兰"，如此才能侍奉天子左右。香囊作为贴身之物，日夜用香气亲近着人的肌肤。因此，恋人之间将它当作定情之物相互赠送。试想一下，把这样一个带有自己体温、自己气息的香囊送给心上人，世上还有比这更含蓄、更深情的举动吗？

香囊在时光深处见证了无数"有情人终成眷属"的快乐与美满，亦见证了无数天人永隔的悲伤与怅惘。甚至斯人已逝，作为美好时光见证的香囊却残香未绝，散发着缕缕的余芬，像是在呼唤昔日欢乐的记忆。历史上最令人动情的故事，莫过于唐玄宗与杨玉环了。相传，杨贵妃死于马嵬坡之后，唐玄宗派人为之迁葬。人们在遗体的胸前发现了一枚香囊，便带回去交给了唐玄宗。唐玄宗将香囊日夜戴在身上，以慰相思之情。这是何等的深情，又是何等的痴情！

　　记忆里，每年的端午，奶奶都要缝制香囊，让我戴在身上，以避难消灾。奶奶做的香囊有心形、菱形、圆形、方形等等，精巧细致，方便随身携带，可佩戴在胸前、腰际等处，或装进贴身衣袋内。奶奶的香囊是用五彩线缝的，斑斓多姿，里面放满了艾草等香料。年幼的我不明白是什么意思，问挂这个有什么用。奶奶告诉我说："这是驱邪的，戴在身上，毒虫鬼怪就不敢祸害人了。"在幼小的心灵里，感到很是神奇。

　　从此以后，我喜欢上了香囊、喜欢上了艾草，那清苦浓烈的香味、那混含着泥土和阳光的温暖气息，让我一下子把它记在了心中。岁月流逝，我日渐远离了老家，与那平凡而神奇的艾草却藕断丝连，依然铭记着"端午时节草萋萋，野艾茸茸淡着衣"的习俗。每年端午，我都会去菜市场买些艾草，不为驱蚊，不为避邪，只是喜欢那种苦香味。闻着那艾草的香味，我似乎闻到了家乡的味道，爱的味道。

上大学时，校园里的女孩们突然找到了一种新的表达爱情的方式。她们用丝线把硬币缠绕成美丽的相思扣，然后送给自己的心上人，如同古代的香囊一般。那些得了相思扣的男孩如同得了稀世珍宝一般。看着校园里的许多男孩都骄傲地挂上了相思扣，我的心中既羡慕又无奈。我非常想拥有一枚相思扣！可是贫穷和一无所有让我没有勇气去寻求那份浪漫和温情。

一个周末的下午，我独自去逛街。路过一家小商店时，见货架上挂满了各种颜色的丝线，我的心忽然一动，为什么不自己做一枚相思扣呢？我当即走进商店，买了一束红色的丝线。晚自习时，便试着做了起来。由于不懂缠绕的方法，怎么也缠不好。正在窘迫之际，无意中发现邻桌的晶，正注视着我，我尴尬地冲她笑了笑。整个晚自习，我始终没能做成相思扣。

第二天上课，我打开抽屉，惊喜地发现里面竟多了一枚相思扣。我猜想这可能是谁在和我恶作剧，一连几天，我都在仔细观察同学们的表情，却没有发现什么异常。不管怎样，我终于拥有了一枚属于自己的相思扣，遂将它挂在了床前。不知为什么，从那以后，晶对我特别冷淡，也很少和我说话，有时还故意避开我。我从她的眼神里似乎看到了深深的哀怨，究竟是因为什么呢？我百思不得其解。

大学时光在忙碌中过去了，陪伴我的是那枚不知何人赠送的相思扣。毕业前夕，我突然收到了一封晶写给我的信。她在信中写道：还记得那枚相思扣吗？难道你到现在也没有发现它的秘密吗？我赶紧找出那枚相思扣，一层一层拆开丝线。只见硬币一面上赫然写着一个鲜红的"爱"字，另一面写着"晶"字。后来，晶跟我回了老家。再后来，晶成了我美丽的新娘。

既相遇，莫相忘！奶奶的香囊连同那枚相思扣一直被我珍存着，虽然过去了多年，那缝在香囊里的亲情、缠绕在相思扣中的爱情，却让我念念不忘。看到它们，时光便被拉得很长很长，心绪会如春潮般汹涌澎湃，唤起我心底那份美好温馨的回忆。

· 团扇 ·

—

一团和气风自清

团扇是一种圆形的、有执柄的扇子，因形如圆月而得名。团扇精巧而雅致，一扇在手，是一种无比动人的风情，哪怕是再粗犷的女子也变得娴雅、娇柔、文静、高贵。团扇以顽强的生命力，在岁月的时空中，摇曳生姿，吸引着无数的女子或是雅士为之痴迷。

"愿得入郎手，团圆郎眼前。"团扇暗合了中国人合欢吉祥之意，又被称为"合欢扇"。对于合欢之名，我尤为喜爱，那里面蕴含着一个古老民族的审美趣味，传递了古代女子的期盼，那是神圣、圆满、和谐的象征。西汉时的女作家班婕妤曾做《团扇歌》："新裂齐纨素，皎洁如霜雪。裁作合欢扇，团圆似明月。"

在随后的历史时光中，人们对自然的认知程度有了提高，遂有了"近取诸身，远取诸物"的仿生意识，团扇的形制亦有了诸多演变，出现了椭圆形、六角形、梅花形、梧桐形、芭蕉形等等。无论

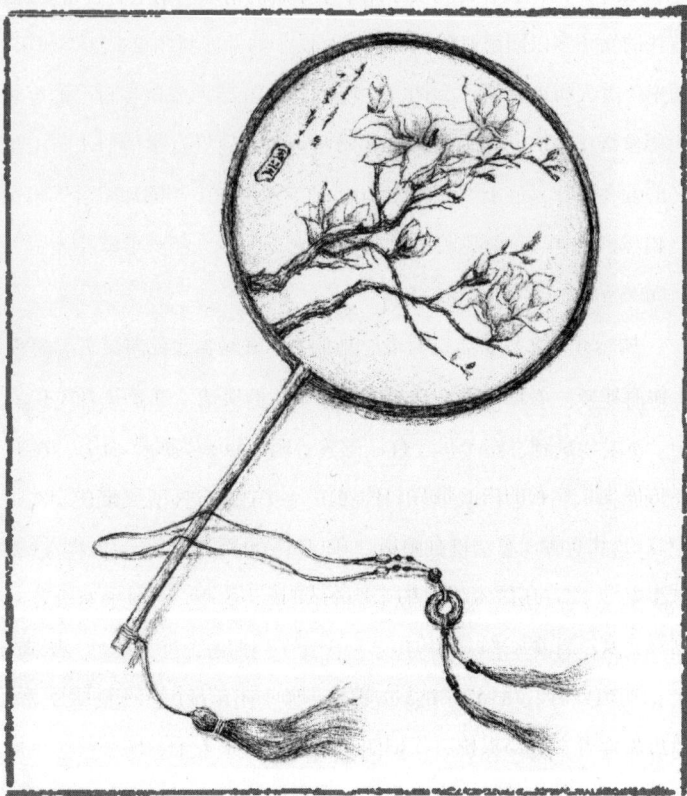

怎么变化，团扇那与生俱来的圆润的线条、轻盈的质地、雅致的图案，却从没有改变，它依然纤巧玲珑，独具韵味。

团扇一经问世，即与女子结下了不解的情缘。扇里有含蓄委婉，古代的女子多以团扇遮掩面部，以显女子的羞涩与庄重，如"团扇，团扇，美人病来遮面"。扇里有相思无限，相传西施曾将自己的容貌用彩丝绣于扇芯，作为定情之物赠与范蠡。扇里有柔情似水，王献之的爱妾桃叶写道："七宝画团扇，灿烂明月光。与郎却暄暑，相忆莫相忘。"扇里有满怀幽怨，"银烛秋光冷画屏，轻罗小扇扑流萤"，在婀娜多姿的风情中是无边的孤冷与寂寞。

团扇亦受文人雅士的喜爱，他们喜欢在扇面上绘画，尤喜将女子温婉雅致、闲逸柔媚的执扇姿态入画。在那方小小的扇面上，一山一水、一草一木、一花一石、一鸟一虫，都运以精心、出以妙笔，尽情展现了作者的内心世界，传递了一份细微恰切的情感。《书继》中载："政和间，徽宗每有画扇，则六宫诸邸竞皆临仿一样，或至数百本。"如此，在唐宋传世的书画名品中，不少是团扇扇面画，且题材丰富，意趣盎然。

明清以来，题扇画扇更是成为一种时尚。从小小的扇面上，恍然可见恽寿平、郑板桥、任伯年、齐白石、张大千、徐悲鸿、傅抱石等画坛巨擘的身影。我收藏了一把民国初年的五彩山水团扇，构图生动，线条流畅，色彩典雅。远处的山林在云雾缭绕中若隐若现，且层次分明；近处的松树老干虬枝、饱经风霜，绿叶红花肥劲挺拔，令人生出扁舟逍遥的遐想。活泼、自然、清新的气息，颇有明人小品画的韵味。

一位朋友喜欢在团扇上画蝉、蜻蜓、蟋蟀等昆虫，被业内人士称为一绝。我最喜他画的蝉，将写意与工笔结合在一起，形象逼真，骨肉兼备，色彩典雅，画面上的蝉好像呼之欲出，令人叹为观止。他曾经仿明代沈周的《秋柳鸣蝉》，以淡墨画柳枝，以浓墨画蝉身及足，以极淡墨画蝉翼，浓淡相兼，雅致明丽。"居高声自远，非是藉秋风"，看到扇面上的蝉，我仿佛听见蝉声鸣起，整个人也随之变得舒展、爽朗起来。

自古以来，仕女图是扇面画的一大门类，对于那些美人我不是很喜欢，唯一的一把仕女团扇画的是一代名妓李香君。李香君虽为一介风尘，但对爱情却矢志不渝，更对国家忠贞不二，她像秦淮河畔一株美丽的桃花，迎风而笑，那一抹粉红在历史的夕阳下，明艳不可方物。那年刚到南京，我便急着去秦淮河，去寻访李香君。后来在她的媚香楼无意中购得了一把团扇，扇中的她双眸微启，仪态秀丽端庄，像一朵冰清玉洁的莲花，像是在沉思着一个王朝的没落，又像是默想着远去的丈夫。

荷是夏日里最美、最动人的植物，如果缺了它，夏的时光不知要削减多少情韵。因此荷塘清韵亦成了团扇上最常见的图案，张大千、吴昌硕、莫奈等人都将那神奇的笔墨赋予了荷。机缘之下，我淘到了一把民国时期的团扇，用浓墨渲染荷叶，用寥寥数笔勾画出了袅袅婷婷的荷花，在荡漾的水波里如含羞的美人，裙裾飞扬，娇艳欲滴地翩翩起舞。在炎炎的夏日，随手翻看，无限清凉。

"拂暑纳凉君快意，夜空皓月舞霓裳。"一把团扇，几度春秋，几度情思。旧时，团扇增添了美人的娇艳姿质，亦体现了才子的高雅风度。如今，东方女子的含蓄之美，亦藏在了千年前的团扇里。团扇摇摇，美人袅袅。一分风情，一分美好，便在团扇的舞动中，顾盼生辉，兀自美丽。

·香炉·

—

烟袅浓淡终不老

在人的印象里，香炉是一种敬佛或祭祖的礼器。其实，香炉亦是风雅之物，它因香而生，因香而美。虽只是一个小小的炉子，亦可为宅室添香增色。它似乎有一种穿越时光隧道的魅力，让你在袅袅香烟中感受时光慢慢流淌的惬意，让你在日常生活中领悟生活的真谛，慢慢地，内心便多了一分安然。

焚香一直是古人的习俗，也是他们日常生活的一部分。翻开古人的诗词歌赋，关于香、关于香炉的吟咏极为多见，柳永、晏殊、李清照、李煜、秦观等大家都不乏名篇佳作。北宋黄庭坚曾专门写下了《香之十德》："感格鬼神、清净身心、能拂污秽、能觉睡眠、静中成友、尘里偷闲、多而不厌、寡而不足、久藏不朽、常用无碍。"

古人喜欢将香炉置于厅堂或摆于书房案头，燃起一炉香，在袅袅的香雾里，或吟诗，或品茗，或读书，或抚琴，或对弈，或作画，

190

是一种颇有情调的氛围。宋代诗人陆游最喜欢在书斋中焚香静读，有诗为证："官身常欠读书债，禄米不供沾酒资。剩喜今朝寂无事，焚香闲看玉溪诗。"相传宋代一位大臣爱香、爱香炉近痴，他喜欢将所穿的朝服，用沉香里外熏染，故而散发着一种奇香，皇帝戏称其为"香奴"。

爱人虽不是"香奴"，却也是一位爱香、爱炉近乎痴迷的人儿，读书时，写文时，会友时，都喜欢焚上一炉香，宁静、闲适、优雅。每每遇到心仪的香炉，爱人都会毫不犹豫地收入囊中。在多年的留心之下，家中的香炉可谓是精彩纷呈，有陶的、瓷的、铜的、银的、玉的等等。对于爱人来说，这些香炉是焚香的工具，也是一种难得的赏玩品，且每一个香炉都有故事。

时间长了，我也喜欢上了焚香、闻香。在香气的陪伴中，可听窗外风声、雨声、鸟声、落雪声；可以文会友，天南海北地闲聊，嬉笑怒骂古今中外。更多的时候，我在氤氲的幽香中，读几页自己喜欢的书，或临几行心仪的字帖，或写下一首诗，爱人则纤手抚琴，两不相扰，悠哉乐哉！这是何等的情致与氛围，又是何等的快乐与享受，颇有些古人"红袖添香夜读书"的意境。

香炉的材质、种类繁多，名气最大的当属大明朝的宣德炉，无论是造型，还是材质，都极具韵味。可惜存世极少，所见到的多为清时仿制。朋友送我一个清朝初年的双桥耳铜香炉，口外撇，圆唇，口上一对桥耳，短颈扁腹，下承三乳足，素身为纹饰，包浆肥润，打磨得无比精细，质感细腻，色泽古朴含蓄，敲打时发出银铃般悦耳的声响，是一件难得的宝贝。至今仍清楚地记得，香炉拿回家后，我和爱人琢磨了很久，最后才恋恋不舍地睡去。

在爱人收藏的诸多香炉中，有一件鲤鱼跳龙门青铜香炉，造型非常别致。鱼的姿态生动活泼，鱼尾蜷缩，鱼头向上，似乎在集聚全身的力量奋勇一跃，期待蜕化成龙，画面仿佛具有一股旋涡般的强烈魔力，引人入胜。香炉雕刻精细，鱼鳞全部采用镂空雕刻，纹饰华丽优美，体现了一种雍容不凡的气度。焚香时，香气从鱼嘴里、从鱼鳞里喷薄而出，在袅袅的烟气中，鱼身若隐若现，别有一番情趣。

最妙的是一款清朝末年的岁寒三友纯银手炉，既可捂手取暖，又可用以熏香，到了冬天，一炉在手，一室皆春。手炉的高和直径都不足十厘米，小巧玲珑。炉身的一面是奋然绽放、暗香浮动的梅花，上面是一只展翅翱翔的喜鹊，让人感到春意盎然。另一面是俊秀挺拔、绿叶婆娑的竹林，旁边是嶙峋的怪石，颇有郑板桥笔下的竹石风韵。至于三友之中的菊花，则刻于炉盖之上，三朵怒放的菊花，肥硕无比，美丽无比，似乎在诉说着生命存在的意义。

古人焚香，以无烟为佳，清人沈三白在《浮生六记》中专门记述了此事："静室焚香，闲中雅趣。芸尝以沉速等香，于饭镬蒸透，在炉上设一铜丝架，离火中寸许，徐徐烘之，其香幽韵而无烟。"只闻其香，不见其烟，这也是一种非常别致的做法。于我而言，还是喜欢那一缕青烟，在闻香之余还可观香，那袅袅升起的香烟，宛如一幅动态的水墨画，是一种独特的风情，也是一种视觉、嗅觉俱美的独特体验。

　　每当我嗤笑爱人过于痴迷时，爱人就戏称说，这是一种富贵雅人的生活，你作为一介穷书生，能有这样的待遇是何等的幸事。"香炉烟袅，浓淡卷舒终不老。"香炉赋予我更多的生命灵性，让我更加从容，更加心静，如一位痴爱焚香的朋友所言，有了香炉之雅，又何必期盼功名富贵之俗？是啊，有了香炉之香，就可写出无数华章丽句，洁净心境。

·油布伞·

一

撑出一方天地

记忆深处一直有一把伞的影子，那把伞是用皮革纸和蜡油制成的油布伞，散发着一股浓浓的桐油味。油布伞的颜色为金黄色，它在雨中散发着淡黄的明亮，像一朵艳丽的花悄然绽放，也绽放在青葱岁月里，成为一份美好的见证和记忆。

伞是一种古老的遮雨器具，相传是鲁班的妻子发明的。为了让鲁班在野外做工时免受雨淋之苦，她"劈竹为条，蒙以兽皮，收拢如棍，张开如盖"。在其后的时光里，伞是挡阳遮雨的日常用具，也是嫁娶婚俗中的礼仪物品，更是文人墨客笔下的一种意境，一缕情愫。在千年、百年的时光里，伞无时无刻不在演绎着爱情、亲情，诉说着一个个分分合合的故事，它也因此一直鲜活在诗里、词里、画里、传说里。

对于我来说，油布伞陪伴了我整个童年。那时没有伞，下雨了，裹个塑料袋就出去了。后来，在外面贩卖青菜的爷爷带回来一把油布伞。木制粗壮的伞柄、竹篾制成的撑架，覆着一层厚厚的黄油布。油布内面一根粗壮的竹枝，支起八节细嫩小竹，折叠自如、灵巧好用。看到油布伞，顿时有了一种无比惊艳的感觉，那也是一份发自内心深处的欣喜。

从此，我便撑着这把油布伞，走过无数个有风有雨的日子。油布伞虽硕大笨重，但罩的面大，用着方便，再也不会遭受雨淋之苦。去学校的路上，如果遇上没带雨具的同学，我会招呼他们钻到伞下，一起结伴而行。听着雨水滴在伞面上"嘭嘭"的声音，看着伞骨上流着一滴滴晶莹剔透的水珠，内心会得到一份快乐的慰藉。现在想来，当时那雄赳赳、气昂昂的样子真是可笑。

时间久了，用得多了，伞撑就折了。再加上更轻盈、更美观的尼龙伞问世，那把厚重的油布伞被我抛置一隅了。爷爷却舍不得把它丢掉，他找来了铁锤、螺丝、篾刀、锯子等，自己动手修理起来，先削伞骨，水浸、晾晒，然后钻孔、拼架、穿线，把柔软的竹篾从小槽中插起穿过去，修修补补，把伞撑又接上了。那把老旧的油布伞依然发挥着作用，不过，使用它的人换成了爷爷，再后来变成了母亲。

母亲对于那把油布伞亦宠爱有加，每逢雨大，都会撑着它，或下地劳作，或接我放学。我和母亲走在伞下，伞外细雨飘洒，伞内干燥温暖，家长里短、笑声不断。一个风雨交加的晚上，我因为淋雨一直高烧不退。父亲背着我去卫生所，母亲则给我们撑着伞。他们一脚深、一脚浅地奔走在泥泞的乡村小路上，父亲的体温透过衣衫传递给我，温暖而沉静。

在父母亲的呵护下，我像一只雏鹰，飞得越来越高、越来越远，那把油布伞也被渐渐淡忘了。其实，它一直在母亲手中发挥着作用。对于母亲而言，那把油布伞是千金不换的珍宝，它凝结着母亲的深情，传递着一分温情、一分疼爱。于是，那把饱经风雨的油布伞一直厚重在岁月里，坚守在岁月里。每次看到它，曾经逝去的过往便会重新浮现在眼前，恍如昨日。

长大后，我发现伞中还有说不完的故事，有青春的憧憬和纯真的爱情。最深入人心的当属《白蛇传》里的油纸伞，许仙和白娘子以一把油纸伞为媒介，演绎了一曲惊天地、泣鬼神、传千古的爱情绝唱，让人在感叹不已的同时，也心向往之。后来读到诗人戴望舒的《雨巷》，内心更是充满了向往，也期待能有那样美好的邂逅，"撑着油纸伞，独自／彷徨在悠长，悠长／又寂寥的雨巷，／我希望逢着／一个丁香一样地／结着愁怨的姑娘……"

一把伞，一段古老的浪漫，也成为一种奢望。多年后，我终于在一个烟雨弥漫的下午，来到了江南的小镇，来到了戴望舒的雨巷。黑白民居依旧，青石小巷依旧，可是油纸伞已渐行渐远，连同那位结着愁怨的丁香般的姑娘。幸运的是，在古镇的一隅，我遇见了一间经营油纸伞的铺子，店内店外，灯笼似的倒挂着许多图案各异的油纸伞，它们和我想象的一样美丽，似乎在安静地等候着一位美丽的女子。

"撑把油纸伞，走进雨地，那况味几近宋词。但听得雨水泚泚响在伞面上，纵然不是柳永、李清照，也会心情荡漾、多愁善感。水竹做的伞柄，光滑而清凉，带着前人的气息，那种温馨的感觉，纯粹得只剩握手间的盈盈一喜。"这是美文家胡竹峰写下的关于油纸伞的句子，他写出了我的感觉，读起来也异常地熨帖心灵。透过他的文字，我恍然看到了一个身着长衫，撑着油纸伞，踽踽前行的身影。

时光不息地流淌，黄色油布伞的时代，已从历史的舞台上退去。那曾经提供了庇护的油布伞，也不知何时淡出了生活，淡出了岁月，悄无声息地隐入流年。如今，手中的伞，是钢架、尼龙绸的现代伞，五颜六色、琳琅满目。伞的作用也不断延伸扩展，遮阳、挡雨、防紫外线，可是除此之外，却让人感受不到一丝自然的气息……

对于我来说，那把坚固的油布伞一直绽放在岁月里，鲜活在记忆里。在生活的风雨中，人人都渴望拥有一把伞，提供安全和庇护，带来温暖和关怀。其实，我们的父母亲就是那把油布伞，不知不觉中老了、旧了，自己也时刻经受着风雨的侵袭，可是哪怕还有一根伞骨支撑着，他们也要为自己的孩子遮风挡雨，撑出一方天地。

·箫·

—

洞箫清吹最关情

声音是一种能听不能见的独特存在，把它变成有节奏的韵律去聆听，就是人的本事了，如乐器。在所有的乐器中，箫是最含蓄的，其音调娴静、飘逸、典雅，那份深入骨髓的迷人魅力是其他乐器无法比拟的。我喜欢聆听它发出来的声音，哪怕吹不出曲调，只吹出声响，都足以让我凝神良久。为此，在我的生活中，总有一管箫陪伴左右，生命似乎因此清幽雅致起来。

年轻时，我第一次听到箫的声音，一下子就被它抓住了，愣了很久。当时不知道这是什么东西发出来的声音，但那不同于其他乐器的声响，使我沉醉，后来才知道它叫箫。于是，我相信我是一个与箫有缘的人，在箫的韵律中，可以恣情恣性、淋漓尽致地挥霍我的情感。如果有一天，我老了，有一管箫陪伴就足矣，所有的悲，所有的喜，全都消融在箫的声音里。

箫是朴素的、淡雅的，一点都不张扬，有点像磨砂过的玻璃或洗旧的丝绸的质感，可它又是深邃的、不可捉摸的。正是因为箫的这种特质，每每想到它，我便会联想到飘逸、清冷、委婉、深远、绵柔……有一次，独自行走在异乡的街头，当时正是寂寥的黄昏，在古色古香的巷陌深处，突然从远远的风中传来了一缕箫音，低沉恬静，有一种熨帖心灵的安宁。

　　箫是用竹子做成的，有时候在想，一根竹子要经过怎样的打磨，才能蜕变成一管箫？一次，朋友带我去山里拜访一位制箫的长者。很远处看见一片葳蕤的绿色，耳边是若隐若现的箫声，虽然隐约，却不绝于耳。风吹过，竹林沙沙作响，伴着那箫声，无比动听，无比悦耳。我们每个人放慢也放轻了脚步，生怕一不留神，惊动了屋内的吹箫人，无福享受那美妙的声音了。

　　在我的诸多箫中，有一管来自日本的尺八，看上去貌不惊人，甚至有些丑陋，然其声音十分清亮、悠扬、曲折、婉转。尺八是一位痴迷中国文化的日本友人赠送的，他曾经告诉我：尺八是一种来自中国的古老乐器，因时光流转，因缘际会，在中国失传的乐器却成为日本的传统乐器，并保存至今，让人不得不感叹时光的无情与有情。每次拿起这管尺八，眼前都会浮现一张写满沧桑的脸，耳际似乎又有箫声在呜咽。

　　箫是一种古老的乐器，亦是一种清幽、古朴、深沉的清虚之音，正所谓"箫声咽，秦娥梦断秦楼月"，箫的幽咽之声实是一种冷艳之美。历史上对箫最为赏识的当属一代大学士苏轼，他对箫不吝溢美之词："其声呜呜然，如怨如慕，如泣如诉，余音袅袅，不绝如缕，舞幽壑之潜蛟，泣孤舟之嫠妇。"当我读到这番论述时，顿时有了知己之感。因为一管箫，我恍然穿越至千年前的宋朝，与当时的文坛巨擘一起论箫、听箫。

不知为何，我一直觉得低调的乐器才最能与人的心音相和，如箫，如埙，如古琴。听的时候，最宜于夜深人静时，此时一切繁杂的声音都沉寂了，让我们可以用心去倾听、用心去感悟，似乎能听到整个世界的回应。每次听箫，我都恍惚闻到一丝苦意，说不准是哪种苦，有点像苦丁茶在舌尖的清苦，又有点像割草机刀刃之下青草汁液在鼻端的生苦。在箫呜呜咽咽、绵绵沉沉的声音里，似乎能体会到前人所言的"念天地之悠悠，独怆然而涕下"。

在我看来，箫的声音是最贴近大自然的天籁之声。台湾才子林清玄写过一篇文章《随风吹笛》，里面有这样一段文字："我在竹林里听到竹子随风吹笛，竟忘记了时间的流逝，等我走出竹林，夕阳已徘徊在山谷。雨已经停了，我却好像经过一场心灵的沐浴，把尘俗都洗去了。"我也希望，那箫声能消去被各种欲望驱动的烦恼、苦闷。

对于箫，我是无法拒绝的，在我的心灵深处真实地存在着一管箫，它那郁悒的声音时常穿过岁月编织的篱笆，穿过空山幽谷，穿过厚重的夜色，穿过迷离的梦境，飘到我的耳边。透过箫声，我倾听到了从昨天到今天时光流动的声音。我在聆听、吟味、享受中，调和生命的苦甜与悲喜，重新发现生命曾经隐含的种种深意，直达人生的隐秘之境。

·古琴·

一

一曲清音觅知音

　　古琴是一种古老而雅致的乐器，它蕴含着错落配合的高妙，发出不辨古今的清幽之声。陋室不大，却因古琴的存在而蓬荜生辉。琴有两张，一张是朋友亲制的伏羲式，一张是前人遗下的神农式。孤苦、郁闷时，信手弹上一曲，那全然是一种近乎清冷的宁静与悠远，足以令我慵倦的神经感到凉爽，也足以抚慰我的心灵。

　　《说文解字》："琴，禁也，神农所作。"此解释给琴披上了一层神话的色彩，曾见湖北随县曾侯乙墓出土的十弦琴，形制优美，虽无缘弹拨，也无法捕捉早已流逝的弦上之音，却也并不为它数百年的沉寂感到哀恸，因为它古雅老旧的声韵，毕竟早已凝固在历史的空气里，拂之不去。古琴自诞生之日起，就受到了人们的喜爱。早在汉魏六朝，琴就在士的阶层中广为流传，当时曾有"士无故不彻琴瑟"之语。

透过历史的重重烟云，可以得知，在那个时代，琴已然成为一些智者话语的延续、心灵的慰藉。他们借它来抒发情怀，或是恋恋不舍的离愁，或是怀才不遇的愤慨，或是忧国忧民的愁思，或是殚精竭虑的苦闷。空山无人，水流花放，苍松倚石，焚香抚琴，悠然一曲，几乎所有的情感都可在琴声中铺展、陈述，真实的心情与无边的哲思如一片轻巧的羽毛融入深远的碧天。

有幸得见一幅出土的砖刻嵇康像，他宽袍大袖，一张古琴横于面前。他在刑场上弹奏《广陵散》作为生命的绝唱，那独坐幽篁、弹琴自赏的神气使人体味到一种纵身大化、与天地同流的萧然远韵。最妙的要数东晋的陶渊明，他备有素琴一张，没事就抚弄这张无弦之琴，每逢饮酒，更将双目微阖，信手抚"琴"，陶然忘机，别人不解其意，他遂解道："但识琴中趣，何劳弦上声。"

《高山》与《流水》是所知最早的曲调，也是最高的标准，其毕竟如何，却无法得知，究其实，不过一种象征罢了。然而，在我看来，以高山与流水作为古琴的象征，再恰切不过了，既没有豪华的铺陈，亦不必追求高妙的技法，如高山般的静穆峻立，如流水般的奔腾不息，极动与极静，正蕴着生命的内在奥秘，动以养静，静以居动，一切都归之于简单，却又处处搔得到心灵的痛痒。

古琴可与其他的乐器合奏，如汉画像石的和歌伴奏乐队、敦煌盛唐佛教壁画中的演出图、五代顾闳中的《韩熙载夜宴图》，无不琴瑟嘈切，钟磬和鸣，裙带飘逸，光华耀目。此等乐音，在我看来，

倒有点像浮生的一场大梦，美则美矣，却多少令人感到几分不真实，像节日的礼花在浩渺夜空里的纷繁起落，明灭灿烂。

我认为琴最适宜于独奏，与春风得意、气势排场的盛世之韵相比，抚琴独奏往往表达出一种孤高与清醒。诚如古人所言："凡鼓琴，必择静室高堂，或升层楼之上，或于林石之间，或登山巅，或游水湄，或观宇中……如不遇知音，宁对清风明月，苍松怪石，巅猿老鹤而鼓耳，是为自得其乐也。"所以，不论是《胡笳十八拍》的哀婉，还是《幽兰》的沉郁，抑或是《梧叶舞秋风》的冷凝，都如同人的呼吸，传达着心灵的温热。

琴是极清、极净的，是不可入于歌舞场中的，它只同鸟语风声相合。唐人孟郊深谙琴之真味，他曾言："飒飒微雨收，翻翻橡叶鸣。月沉乱峰西，寥落三四星。前溪忽调琴，隔林寒玲玲。闻弹正弄声，不敢枕上听。回烛整头簪，漱泉立中庭。定步履齿深，貌禅目冥冥。微风吹衣襟，亦认宫徵声。学道三十年，未免忧死生。闻弹一夜中，会尽天地情。"当我读到他这番话时，感觉一下子被刺穿了，浑身颤栗不已。在那个铺满月光的夜晚，我一直被历史深处的琴声浸润着、吞噬着。

弹琴的人都知道，每一首流传下来的古琴曲，都有一个诗意典雅的名字，如《广陵散》《平沙落雁》《阳关三叠》《汉宫秋月》《醉渔唱晚》等等，仅仅是名字，就足以让你反复品味，更别说静心聆听琴曲了。我喜欢焚香弹琴，一炉幽香，一曲古琴，在袅袅的氤氲中，悠然无比，陶然忘我，像庄周梦蝶一般，分不清身处何时何地了，这也算是一种天人合一的境界吧。

"琴之为器，大道寓焉。"那七根古老的丝弦，虽是蚕丝，却可穿越无数的寒来暑往，连接着古代与今夕。其实更多的时候，琴是作为一种人生境界、一种生命情绪、一种文化品格而存在的，它所表达的是人间的至情。正如苏轼所言："神闲意定，万籁收声天地静。玉指冰弦，未动宫商意已传。悲风流水，写出寥寥千古意。归去无眠，一夜余音在耳边。"

· 花瓶 ·

—

花自婀娜瓶自醉

亲近自然、亲近花草是人与生俱来的天性，在喧嚣纷扰的都市里生活久了，青树绿蔓、草盛花繁的景色尤为令人向往。居于闹市，除去亲手侍弄几盆花花草草，插花也是一种不错的选择，能将人带入一个清幽绝俗、饶富情趣而又神思无穷的意境之中。插花自然少不了花瓶，一件典雅、朴实的花瓶能够与花相得益彰，相映成趣。

插花是一种古老的艺术，也是一种雅致的修养，唐宋时期，风气尤盛，上至王公贵族，下至街坊茶肆，无不热衷此道，与焚香、点茶、挂画合称为"生活四艺"，成为雅致生活的一部分。古人插花以瓶为主，今人亦不例外。瓶的种类很多，且各有千秋，玻璃花瓶透明，能很好地映衬出花的美丽；藤、草等植物做成的花瓶，能体现出原野的风情；铜、铁等金属花瓶，则给人以庄重肃穆、敦厚豪华的感觉。我最喜陶瓷花瓶，它有一种古典的风情。

因为喜欢插花，只要遇到心仪的花瓶就会毫不犹豫地收归所有。春天，折几根柳枝，采一把报春花，或者桃花，随意插入瓶中，就能把春天带回家。夏天，一枝白色的马蹄莲，或含苞待放的荷花，配以油光碧绿的荷叶，给人以无限的清凉。秋天，可以是硕果累累的石榴枝，可以是苍茫的芦苇，可以是如火如荼的枫叶，都是成熟的秋色。冬天尤其是下雪的日子，窗外冰天雪地，室内却生机盎然，看着瓶中尽情吐香的梅花，顿觉神清气爽。

家里有一件是五彩百蝶瓶，瓶上色彩丰富、绚烂雅丽，花草树木形象逼真、文雅隽秀，瓶上的蝴蝶形态各异、栩栩如生，似乎要脱离瓷瓶飞去，令人叹为观止。这件百蝶瓶可称得上是集工艺美、形体美、釉色美、胎质美、彩饰美于一体的珍品。夜深人静时，我在书香中抬起倦眼看它，琢磨是谁把一百只形态各异的蝶烧进瓷瓶里，且是那样的鲜活与灵动，期待着"坐久不知香在室，推窗时有蝶飞来"的那一天。

最珍贵的是两件秋意浓浓的五彩瓷。一件是民国时期的秋景瓶，纹饰以山水、人物、花鸟为主，画工精湛、意境浑成、气韵酣畅，远山层林尽染、近处草木萋萋，五彩色泽优雅，层次变化丰富，有极好的视觉效果与审美效果。整个画面润泽平滑，设色自然、淡而有神，目之所及，心之所感，令人生出一份天高风轻、云卷云舒的遐想。

另一件是晚秋芦雁瓶，是从一位摆摊的老者手里淘得的，画境幽清，技法精绝，只是瓶口处有破损，幸未伤画意。画面上疏疏落落地分布着渐枯的芦苇丛，枯黄的枝叶透露出浓浓的秋意。苇丛里有大小两只鸿雁凫于水中，似在觅食。半空中有一只鸟斜飞，风声在耳，呈现出一派秋的轻寒与寂寞，画上动景与静景和谐得妙到毫巅，极有生气。

经常使用的是两个仕女花瓶，是在湖北一个民风淳朴的古村买的。村子里的幽巷中有许多古董摊，摊主们都是当地居民，极朴实的面孔，均言所卖之物多为祖传，或从乡间收购而来，因属自卖，所以价廉。走着走着，忽然碰见两个绘有古装女子的瓷花瓶，奇巧古朴，不禁怦然心动，连忙上前仔细把玩，没想到瓶底还有"光绪年间"的字款，便毫不犹豫地收入囊中。

走出幽巷，头脑似乎清醒过来，担心自己上当受骗。这时，我见村口有一个国营商店，也摆些花瓶、砚台之类的古董，店主又是一位慈眉善目的白发老人，便请老人给鉴别一番。老人看也没看，摸着胡子笑道："世上事，真真假假说不清楚，只要你喜欢，管它是真还是假呢？"老人之言，宛如禅语，让我久久品味。的确，这两个花瓶不算俗物，尤其是瓶上的绘画，线条简洁，色彩淡雅，神态生动，正好可用来插花，想到此，我便会心一笑，陶然而去。

当我把小心翼翼带回来的花瓶摆在书架上时，来访的朋友们眼睛都会一亮，然后鉴赏一番，论其真假。我若说是真的，朋友则说是假的，真的哪会这么便宜？我若说是假的，朋友们也不信，认为我故弄玄虚，这真真假假倒真说不清楚了。于是，我发现最好的办法就是什么也不说，让他们自己去猜，让花瓶盛满神秘的花朵。其实，我已知道这两个花瓶是后世的仿造品，不过，仿造得如此让人喜爱，对不愿为外物所累的我来说，也就无所谓真假了。

生活中，我们无法逃避油盐酱醋的琐碎，可是这些无言却有生命的花草却让我们的生活有了缤纷的色彩。一花一世界，一叶一菩提，你也不妨把插花融入生活，把岁月融入手心。清浅岁月，与花儿相伴，诗一袭流年，我们在浮躁的世界里就能获得一份雅致的心情，收获一份温暖心田的馨香与感动。

肆
部

——

童蒙旧物启灵台

· 年画 ·

—

岁岁溢彩流金

年画是时代的缩影，寄托了人们对新年的企盼与希望，它伴随了一代又一代人，见证了一段又一段历史。在书橱的一隅，完好地保存了几张旧时溢彩流金的年画。虽然时间的尘土渐渐把往事覆盖，那些曾经带给我激动和快乐的年画，却总会在每一个春节来临的时候，带上我的记忆回到那个遥远、难忘的年代。

在老家过年时，年画有着不可替代的地位。春节前夕，家家户户都把房院打扫得干干净净，要在正室、卧室、门上以及灶前张贴年画，简陋的居室因为有了几张鲜亮的年画点缀，而增添了节日气氛。悬挂、张贴年画是辞旧迎新的分界线，是欢乐祥和的里程碑，纵然家里拮据难耐，年画是一定要买几张的，买了、贴了，家才是家，年才是年。

记忆里，每年春节将至，父亲都会带我去买年画。此时的集市是年画的海洋，一幅幅挂满大街小巷的各个角落，让人眼花缭乱、目不暇接。年画分为神像、吉祥图画、戏文故事三大类，无论哪一类，都流传着动人的故事，成为见证历史、传承文明的重要载体，如《和合二仙》《老鼠娶亲》《钟馗捉鬼》《穆桂英挂帅》等。

无论年画的花样再怎么多，一对门神年画是必不可少的。因为门神可驱邪迎祥，护佑全家平安。除去神荼、郁垒的门神形象，还有秦叔宝、尉迟恭等武将的形象。除此之外，寓意吉祥的"连年有余"年画也是不可少的，画面中心一个白胖的小子，穿着大红肚兜，胸前佩戴如意长命锁，手持莲花，抱着一条大红鲤鱼，一副欢笑可爱的神态，象征着人丁兴旺、丰盛有余。

买年画买的是心情，贴年画却能贴出过年的气氛来。贴年画前，父亲要将屋里屋外仔仔细细打扫一番，我端着一小盆浆糊跟在父亲屁股后头。父亲的样子很虔诚，不像是在贴年画，而是在把自己的希望全部贴在那一扇扇不大不小的门上。贴过年画的屋子，顿时洋溢着温暖的气息，流淌着合家团圆的幸福……在火红春联和花花绿绿年画的映衬下，拥挤狭窄的小院里，年的味道立即被渲染得醇厚香甜。

一张张年画如一缕缕春风，使平淡的日子一下子变成了色彩斑斓的样子，也给辛苦奔波一年的人无限的希冀。那时，没有人计较年画的内容细节，在意的是它带来的新气象、新色彩，夸张的也好，渲染的也罢，反正使每家每户都热气腾腾、喜气洋洋。有了年画，即便春节过去了很长时间，喜庆的气氛和快乐的心情仍会长久地延续。随着时间的推移，年画会褪色许多，但它失去的只是鲜艳的色彩，留下的却是温馨的回忆。

年画还是儿时的启蒙读物，每一张年画都是一个故事，那些故事给我小小的心灵以启迪。我喜欢看年画，花花绿绿的山水、造型夸张的神话人物、精彩的故事情节，都能给我带来无尽的遐想。每到一户亲戚家拜年，年画我是铁定要看的。我在这些年画中，熟悉了一段段历史，知晓了一个个传说，结识了形形色色的人物，有意无意中懂得了一些简单的人生道理，也于潜移默化中悟出些单纯的、甚至可笑的世界观和人生理想，当然也对未来充满了幻想与期待。

社会如加了马达的船，飞速前进，在传统与现代的冲击中，过年的一系列仪式、完整的内容、丰富的内涵在不断遗失，年画亦随着岁月的老去而渐渐远去，拥有千年历史的传统年画成了一个片段、一个称谓、一个符号，取而代之的是塑料印制的堆满金银珠宝的所谓的"年画"，虽然富丽堂皇，却丝毫感觉不到曾经的温暖与馨香，让人空留喟叹。

对于我来说，年画虽退出了历史的舞台，这份记忆却没有遗失，依旧留在脑海里，我亦会永远记住那些色彩斑斓的年画以及与年画有关的点滴岁月。

·竹风筝·

一

忙趁东风放纸鸢

惊蛰过后，天气一天天暖和，转眼又到了放风筝的季节，各式各样的风筝飞在天空中，蝴蝶、蜈蚣、蜻蜓、老鹰……不经意路过的我忍不住驻足凝望，欣赏这绚丽的风景。回到家中，我情不自禁地拿出多年前父亲糊的竹风筝，说是风筝，其实只剩下骨架了，虽已不能再翱翔于空中，却依然可以感受到父亲暖暖的爱。

风筝，古时称为"鹞"，北方谓"鸢"。相传，放风筝最早是为图个吉利。旧时，农人希望那些在田亩上空的纸鹞能驱走畦间的恶鸟、害虫，以祈得一年五谷丰登。后来，人们将风筝放得高高的，等快钻进云里时，有意将线割断，让风筝随风飘去，意思是把一年来积下的"郁闷之气"彻底放飞出去。为此，在风筝线的这一端，一张张生动的笑脸所映出的幸福那么真切。

在那个年头，孩子们的游戏活动无非是打蜡子、滚铁环、摔泥炮等。对于幼时的我来说，放风筝是最惬意的事，至今仍保留着一份挥之不去的记忆。每年春天来临，父亲会亲手给我扎风筝。他先把竹子劈成粗细不等的竹篾；再根据我的喜好弯出风筝的骨架，如蜻蜓状、蝴蝶状、金鱼状；最后扎绳、粘纸，神情专注而深情，一扎一粘，见证了一位父亲对儿子的爱。

父亲扎好风筝，往往不等糨糊干透，便带着迫不及待的我去试放，教我如何拉线，如何让风筝飞得更高。在他的示范下，我学会了放线、收线，风筝也一会儿翻着筋斗，一会儿又平稳地向上升。在不停的放飞、不停的捡拾中，多少掌握了些技巧。慢慢地，风筝越飞越高，手中的线团也越来越小，我则越来越兴奋。风大时，风筝跑，人也跑，一股劲往前刮，头发飘起，衣衫卷起，鼓成翅翼，飘飘欲飞，那种感觉无与伦比，畅快淋漓。

"儿童散学归来早，忙趁东风放纸鸢"，春风一扬起，小伙伴便背着风筝，争先恐后地奔向晒谷场、奔向空旷的田野。安静的晒谷场顿时热闹起来，变成了欢乐的海洋。放飞之前，小伙伴总要比试一番，看谁的风筝漂亮，直到最后也没有个结论。放风筝，总是希望越飞越高，总要放到线尽头。然后，扯着线，眯着眼，望天空，痴想做那只风筝，在天上飘啊飘啊。周围都是相差无几的孩子，尖叫欢呼、奔跑嬉戏，那份雀跃的感觉美到骨子里，笑声也在空旷辽远的田野上肆无忌惮地荡漾开来。

随着年龄的增长，许多儿时的兴趣有所淡薄，可是风筝飘摇的思绪总缭绕在心头，像那首歌所唱的："又是一年三月三，风筝飞满天，牵着我的思念和梦幻，走回到童年……"每每看见别人放风筝，总免不了瞧上几眼。闲暇之余，也会带上家人去郊外放风筝，看风筝在微寒的清风里飘起，看稚气和童真布满女儿的脸，一如春花开得那么灿烂艳丽，我好像又回到了孩童时代，又重回故园。

"云屏不动掩孤嚬，西楼一夜风筝急。"风筝，属于蓝天，属于白云，属于春风。那些翱翔在空中的风筝，犹如春风吹来的花朵，争奇斗艳，千姿百态，猛然带来春天里的第一个喜悦。它们仿佛是春的使者，让你感觉到春天悄然来临，让你的心随着它们一起飞翔，忘记所有的烦恼和不快，获得一种酒醉般的忘我。

岁月老去，童年的竹风筝已成为记忆里美好的片段，慢慢变幻成嘴角淡淡的微笑。春去春又回，很多东西在我们手中是无法停止的，风筝悠悠，悠悠我心。在风和日丽的春天里，让我们快到蓝天下、阳光里，带上一只美丽的风筝，为自己放飞一份希望，放飞一份美丽的心情，把祝福和愿望洒在春天的每一个角落。

· 货郎鼓 ·

一

不曾远去的记忆

货郎是一种古老的职业，在宋人的风俗画里，他们是主角，在现代人的小说中，他们也是常常出现的形象。对于我来说，则是一段永远珍藏的记忆。故乡的货郎不敲鼓，只吹一种泥做的哨子，那哨声我百听不厌。如今，货郎这个行当已成为遥远的过去，泥哨子却保留了下来，含着浓浓的乡情镌刻在我的心里。

故乡货郎的泥哨子，又叫作"泥响儿"，选用黝黑的黏土揉捏、烧制而成，三角形，个儿也不大，倒有些像菱角，有两个或三个眼儿，上面用白颜色打底，红黄绿点缀成荷花图案，从背面看像一个卧在地上肚子鼓鼓的青蛙。泥哨的构造类似于埙，吹出来的声音，却不似埙那样苍凉幽远，它的声音清脆柔和，像鸟鸣一样悦耳动听。

二十世纪六七十年代的乡村，有许多生意人光临，如卖肉的、收购牲畜皮毛的等等。最让人关心的是有没有货郎的摇鼓声或哨声。

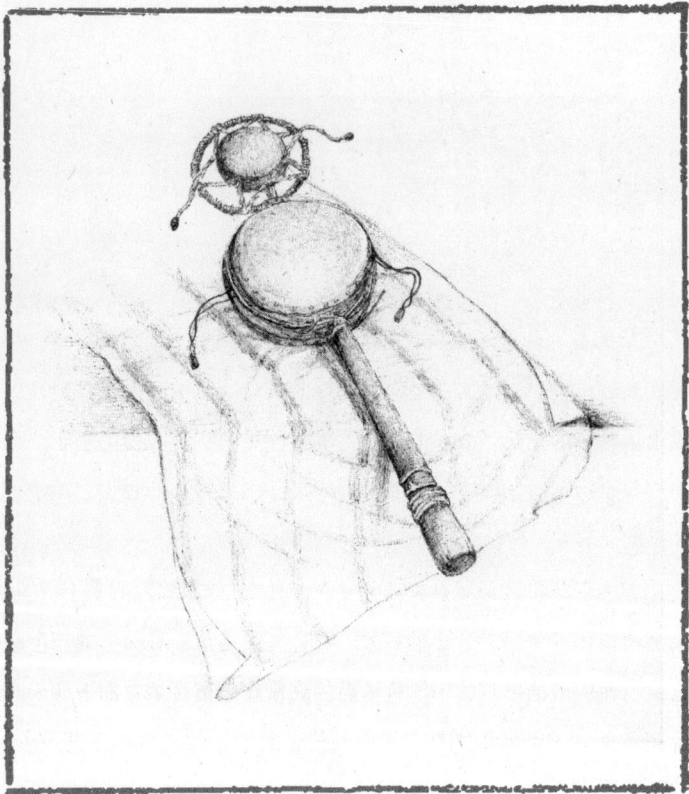

肩荷杂货挑子或推着平板车的货郎是一道独特的风景，远远的，只要拨浪鼓一摇或泥哨一吹，乡亲们就知道货郎来了。我最喜欢听泥哨的声音，哨声虽然单调却韵味悠长，随风传开，持久不散，用泥哨代替口干舌涩的吆喝，效果很好。

货郎的生意很小，小到可以挑在肩上。三尺长的扁担一头一个箩筐，前面的箩筐摆放着针头线脑、饼干、糖果、香烟和火柴之类的东西；后面的是空筐，却装着货郎的精明。不是所有的人都有钱买东西，货郎就让人们从家中拿破烂交换，换来的破烂便放在后面的筐里。货郎通常对女人剪掉的辫子或废旧的锅碗瓢盆感兴趣，可多换些东西，除此之外，往往抱去一堆破烂，换来的不过是几颗糖或一两只气球。不过，乡亲们都不在乎这些，认为东西扔掉也是扔掉，能够让孩子快乐，就足够了。

吹着泥哨子的货郎，走在村子里，不一会儿就围上来好些人。人们连忙从墙缝中抠出几卷灰白或枯细的发丝，换回点针头线脑；或从床下旮旯里找出一只烂得不能再穿的鞋子，换回几颗纽扣；或从鸡窝里掏出还带着体温的鸡蛋，换回几根红红绿绿的毛线，扎在已出落得大方的闺女头上，或换回几颗糖豆塞进扯着爹娘衣角嗷嗷哭叫的孩子嘴里。

对于小孩子来说，货郎的挑子像一个童话世界，它曾诱惑着我，掏空口袋里有限的压岁钱，也使我早早学会捡拾垃圾堆里的铁丝头、废塑料。从货郎的挑子里换回几颗彩色的玻璃球、一只上过漆的铅笔盒或一本印刷粗糙的田字格，足以让我开心半天。即使没钱买，没东西换，货郎一来，我们也会围着看半天。

对于生活在闭塞乡野的人来说，货郎是远方的客人，从他身上能嗅到外乡的气息。人们不会轻易错过和货郎交谈的机会，大伙放下手中的活计，围在他的周围，或仰头询长问短，或俯身挑选自己心仪的物品。货郎乐呵呵地在一旁介绍着、谈论着，将其耳闻目睹的事物统统说出来。每逢这种场面，即便没有生意，他也不会在意，因为他明白，出门在外，求的就是个和气，生意有人围着，心里踏实。等到大家买好了、问得差不多了，货郎像一阵风似的，在平地"呼"地打个旋，不知飘向哪里去了。

货郎的哨声像飒飒秋风，吹走了那个家无余粮、为填饱肚子奔波的朴素岁月。伴着杂货店的兴起，货郎的身影渐渐消逝了。在没有货郎的日子，心里总是有些失落和惆怅。我知道货郎已凋谢成一道遥远的风景，可心中所有关于货郎的记忆，却愈加清晰。后来有幸遇到了那种货郎常吹的泥哨，便以一种激动的心情买了下来，因为那小小的哨子里有童年美好的记忆。

货郎鼓、泥哨是一个岁月深处的象征，忧伤而惆怅，温馨而感人。对于我来说，它没有走远，也没有变形，它只是暂时封存在我内心的一个角落，呼之即出，翩然降临，像一部安徒生的童话慰藉着我的心灵。

· 邮票 ·

一

方寸之间看世界

　　邮票最早是单纯地作为信件的邮资凭证，后来因那小小方寸的空间包罗万象，可展现一个地区或国家的自然风貌、历史文化、民俗风情等等，遂成为一种人们竞相收藏的工艺品。对于二十世纪七十年代出生的人来说，集邮几乎是一种不约而同的行为。我也不例外，从小就喜欢收藏邮票。在我的收藏中，最珍贵的是爷爷留给我的五大本邮票，因为它们全是岁月的见证。

　　爷爷集邮纯粹是无心之举，他有五个儿女，其中三个去了外地，最远的在东北，最近的也在安徽。当时，通讯方式单一，只有书信，爷爷自然而然就集起邮来。爷爷的邮票本不像现在的邮册那样华丽，他用糨糊直接把邮票贴在带有毛主席语录的笔记本上。没事时，爷爷喜欢把那些花花绿绿的邮票拿出来，从头到尾翻看一遍。对于他来说，翻看那些邮票，就是重温儿女们写给他的只言片语。

小时候，我经常吵着要看爷爷的邮票本，可他很少让我看。只有在他特别高兴时，才能在他的监督下看上一眼。上初中时，我对集邮也有了些认识。当我再次看到爷爷那几本邮票时，我跟爷爷讲："你把那么多没用过的'文革'期间的邮票全贴在本上，太可惜了！"爷爷也后悔当初没有集邮意识，表示以后不再贴了。后来，爷爷经常把那些邮票拿出来，让我细细地把玩一番。

　　因为爷爷的缘故，我开始陆续收集邮票。每得到一枚新邮票，我都会献宝似的拿给爷爷看。祖孙俩对着那邮票，品头论足，那份欢乐与温馨，至今仍萦绕心头。有时，翻开邮册，看着那一枚枚图案各异、精美绝伦的邮票，一切烦嚣嘈杂都被涤荡而去，浮在眼前、留在心底的是方寸之间的美丽图画，有人物、有风景、有花鸟……也难怪有人称赞邮票是"方寸之间看世界"了。

　　在众多的孙子辈中，我最受爷爷疼爱。我自幼依他膝下多年，祖孙之间的爱超乎寻常。我喜欢和爷爷一道晒太阳，和他一起打盹；有时听他讲那讲不完的故事；有时会急切地摇醒他，朝他要钢镚，爷爷从无愠怒之色，摸出一个钢镚落进我的手中，然后看着我连蹦带跳地跑去买小玩意。长大后的我，对此愧疚不已，在阳光下打盹是爷爷晚年唯一的享受，可这个享受一天要几次被不懂事的孙子打断。

　　和爷爷一道晒太阳时，还有一件有趣的事儿，就是编小竹筐或竹篮子，有时爷爷还会给我编小笼子玩。有一次，我捉了一只金龟子塞在里面，爷爷一定要我把它放走，他说虫子也不可以随便虐待。

那时的屋角墙根，常见忙着搬运食物的蚂蚁，爷爷经常故意丢些糕点或馒头之类的，坐在那儿守着蚂蚁搬运，嘴角挂着浅浅的笑，慢慢地培养起我的仁爱之心。

爷爷去世前，把五大本邮票全给了我，对我说："知道你喜欢邮票，可是爷爷怕影响你学习，就一直没给你，现在都给你吧！"爷爷去世后，我跪在遗像前哭了好长一段时间。爷爷的五本邮票从品相上来看，并不好看，已经泛黄了，通常集邮的人是看不上眼的，就连我也没有真正认清这几本邮票的价值，仅仅用它们来缅怀逝去的爷爷。

后来我认识了一位邮票专家，无意中与他聊起了爷爷留给我的邮票。没想到他竟无比看重爷爷这五本邮票，在他看来，爷爷的邮票与那个年代的语录笔记本合在一起，是一件难得的文物，很有价值。他想用高价买走爷爷的这些邮票本，我没有同意，因为这些邮票已不仅仅是邮票，还是爱和亲情的延续。它们已逐渐成为我生命中难以割舍的一部分，将会和我相伴相随，直至永远。

时至今日，我收藏的邮票远远超过爷爷当年的数量。可是爷爷留给我的邮票依旧是最宝贵的，每当翻看那些邮票，眼前就浮现出他飘着雪白胡须的慈爱笑容。我看见他安详地端坐在蔚蓝晴空的朵朵白云上，让我拥有了平和的心境和清晰的思考。无论时光怎么改变，爷爷对我的爱将永远伴我度过漫漫的人生，那些暖暖的细节将永远被我储放在回忆的橱窗，以备我经久回望。

·烟标·

一

大千世界的小窗口

烟是一种"仁者见仁，智者见智"的东西，对于有的人来说，它是一种无用的东西，对有的人来说，它是一种必需品，是一种不可或缺的东西。我不抽烟，却喜欢收藏烟标，且一直乐此不疲，因为它们丰富了我的青春岁月，使我的儿时生活充满了无穷的乐趣。

烟标是伴随着香烟的生产问世、衍变和发展的，融美术、摄影、书法和印刷技艺于一体。从一枚枚绚丽多彩的烟标中，可了解天文、地理、历史等诸多方面的知识。可以说，烟标是一个窥探大千世界的小窗口，所以很受人们的喜爱和青睐。烟标虽是寻常之物，收藏起来却颇为辛苦，也可以说是辛苦与喜悦相伴，有时，一份意外之喜会令我手舞足蹈、喜不自胜，全然忘了寻觅之苦、跋涉之痛。

我收藏烟标是从上小学开始的，当时爷爷喜欢抽烟，且不论好坏，印象深刻的有大前门、团结、红旗、黄金叶、红杉树等等，看到那些花花绿绿的烟盒子，我一下子被吸引了。有一段时间，我收藏烟标几乎到了痴迷的程度，可以说是"不择手段"——捡、要、买、交换等等。不管是外出还是去朋友家做客，只要发现自己所没有的烟标，我都会想方设法收入囊中。

有一次走在街上，遇到一位正在掏烟的大爷，我发现那烟标是我没有的。我便跟在他的后面，打算等他扔掉烟盒后收入囊中。哪知我的跟踪让他发觉了，他用怀疑的目光看着我。得知缘由，大爷笑了，立即把剩下的几根烟拿出来，将烟盒送给了我。接过烟盒，我欣喜万分。烟是红旗渠牌的，版式和图案设计堪称上乘之作，在图案的下部还印有红旗渠的来历说明，这在烟标中委实不多见。

后来，亲戚朋友得知我喜欢收集烟标，每次出差，都会给我带来些。就这样，通过多年努力，我收集的烟标达到了两千余种。在我的烟标世界里，有蔚为壮观的山水景观、名胜古迹；有栩栩如生的花鸟虫鱼、人物形象；有古色古香的文物、打印着时代烙印的建筑……随着烟标的日益丰富，我按照时间、地域、内容等进行了分类，建立了自己的烟标检索目录。闲暇时搬出来，细细品味，颇有情趣。

在不了解的人看来，烟标只是盛放香烟的盒子，只是一种外观上的设计。其实不然，烟标暗含着文化，浓缩着一个时代的背景，从中可以了解一个地方、一个时期的历史。在我看来，小小的烟标，像是一部有生命力的教科书，甚至可用包罗万象来形容。为了让烟标收藏变得更有意义，我将它们组合起来，组成了各种类型的专题，讲述一个又一个故事。

烟标上有大自然，如长江、黄河、黄山等山水名胜，如牡丹、红山茶、雪莲、大熊猫等花草走兽。烟标上有历史故事，表现最多的是古典文学作品和民间故事，《三国演义》《红楼梦》等名著都是烟标设计的题材。取材于《三国演义》的每一枚烟标，都各有特色，或是一个传神生动的历史人物，或是一段引人入胜的精彩故事。可以说，我对于《三国演义》的认知，最早就来源于烟标。

烟标上还有美女佳人，除去古代的四大美女烟标，我搜集了一套民国时期的美女烟标，如胡蝶、阮玲玉、周璇、黄慧如等，通过她们可以了解到那个光怪陆离的社会。最让我心仪的是一套抗日战争烟标，翔实地记录了那段血与火的抗战岁月。如纪念卢沟桥事变的"七七牌"烟标，纪念东北抗战将领的"马占山将军"烟标，纪念缅甸抗战的"远征军"烟标，每一次翻阅，都是一次精神的洗礼。

一枚枚薄薄的烟标，记录着历史的烟尘，折射着人类的智慧，回响着社会的脚步，散发着文化的芳香……收藏烟标，能陶冶人的性情，给生活增添无穷乐趣，可丰富自己的知识，亦可让人忘记琐碎烦恼，进入一个宽阔的、妙不可言的境界，我们又何乐而不为呢？

· 小人书 ·

一

阅读的启蒙者

小人书是一个尘封的字眼，可是对于二十世纪七十年代出生的人来说，每个人心中都有一个挥之不去的小人书情结，它如同一场飓风席卷了当时社会的每个角落，被称为"手中的电视"。我的童年乃至少年时代都是在小人书中打滚过来的。如今，我的书柜里仍保留着伴我成长的小人书，我亦惦念打着手电筒在被窝里看小人书的快乐。

我的小人书时代是从一个推着板车在街边租书的大爷开始的，书摊两侧是规格不一的小凳子或马扎子。那时，文化娱乐稀少，小人书摊对孩子是最有吸引力的地方。放学后，或节假日，小人书摊前人气最旺。课余时光，除了玩耍之外，几乎都在小人书的世界里沉浸，似乎有温暖的阳光在一颗幼小的心灵上铺展开来。

读的第一本小人书是《大闹天宫》，它让我体会到了阅读小人书的快感，顿觉眼前陡然开阔，仿佛看到一个完全不同的世界。从此，我一发不可收拾。若是成套的小人书，看完了上集看不到下集，像掉了魂一样。我把能利用的时间都利用上了，中午吃完饭要看，晚上睡觉前还要看，有时为了不被父母看见，用手电筒躲在被窝里看，我的眼睛就是这样近视的。

小人书既可买，也可租，刚开始时，基本都是租着看，后来把省吃俭用存下的零花钱都用来买小人书了。每买回一本，或一套，就像怀揣着宝贝一样，像呵护什么似的，是那样地小心翼翼。为购买小人书，我千方百计地去"赚钱"，四处去捡牙膏皮或废铜烂铁之类的。每当捡到能换钱的东西，我都会露出会心的微笑，似乎一本本的小人书出现在眼前了。

小人书堪称知识的万花筒，那些广泛流传的神话传说、历史典故、民间故事等，往往都是通过小人书得以传播。冯骥才先生从不掩饰对小人书的喜爱，他说："那种表浅的通俗图书，曾是他们最初吸取知识的一个很重要的源头。"在那个年代里，手捧一本巴掌大的小人书，津津有味地看着，是最常见的大众文化景象，亦是街头最具风情的一道景致。

一本本小人书像一道道优美的风景，在愉悦感官的同时，更让我了解到从未接触过的文学世界，像《山海经》《水浒传》《三国演义》《西游记》《孔融让梨》《三顾茅庐》等神话、历史故事和文学知识，都是通过小人书获得的。此外，我还对《小兵张嘎》《草原英雄小姐妹》《地道战》《鸡毛信》等战争题材的小人书宠爱有加，在感受波澜壮阔的战争画面的同时，亦让心灵经受了震撼和洗礼。

不知从什么时候开始，图文并茂的小人书逐渐退出了历史的舞台，取而代之的是有声读物、电视等等。可我对小人书的喜爱却丝毫不减，每次出差去一个城市，总要去当地的旧书市逛一逛，以期遇到我记忆里熟悉的小人书。在不懈的寻寻觅觅中，也陆续淘得了不少小人书，成为书柜里一道别致的风景，以至于许多同龄的朋友看了之后都发出啧啧的赞叹声。

有一年寒冬出差天津，听当地的朋友说，一位卖旧书的老先生手里有小人书。我便冒着严寒去寻访，可能是因为天气的原因，连去了几次，老先生都没有出摊。最后，终于等到了老先生，他被我的执着感动，把他收藏的小人书都送给了我，理由是小人书由我这样的人收藏，他放心。当时，看着那些精美的小人书，我贪婪的表情曾让老先生大笑不已。

如果有人问我对逝去的岁月最留恋什么，我一定会说是小人书。小人书是一代人或几代人最美的记忆，赋予了他们想象的翅膀。小人书是一个时代特有的符号，更承载着当时整个社会文化娱乐的重要内容，当时的世界因小人书而变得魅力四射。时光在变，不变的是我对小人书的喜爱。在似水流年里，翻看、品读小人书，会觉得书中的世界犹如春暖花开，精彩极了，美妙极了。

· 玩具箱 ·

一

童心烂漫妙时光

　　童年是在农村度过的，那时物质相对匮乏，买不起金贵的玩具，可是孩子在游戏中的创造力和想象力却从没有缺少过，哪个孩子都能捧出一大堆宝贝来。它们都没有靓丽的外形，甚至十分简陋，但正是因为有了它们的陪伴，才得以度过幸福开心的童年，并且像野地里的小树，粗粗壮壮、结结实实地成长起来。如今，那些带给我快乐的儿时玩具依然躺在一个木箱子里，每每看到它们，便弹射出绚烂的光芒。

　　在二十世纪七十年代的农村长大的孩子，所拥有的玩具是亘古不变的老几样：鸡毛毽、跳绳、石头子、玻璃球、陀螺、弹弓等等。除了玻璃球需要花几分钱或用废品从货郎那儿置换，其余的都不用花钱。它们制作简易，不像现在的玩具，大多有鲜艳的色彩、优美的造型、灵巧的结构，有的甚至还能发出美妙的乐声，可对我而言却具有强大的吸引力，让我玩得无比开心。

鲁迅先生曾说过"玩具是儿童的天使"，在每天背着书包去学校时，那旧布书包里不单单有新奇的知识，还藏着一个快乐的童年，各式玩具都安身其间。那书包更像是一个百宝箱，课间十分钟是它们展露身影的时刻，踢毽子、跳皮筋、丢沙包是女孩子玩的游戏，男孩子们多推铁环、抽陀螺、打蜡子、弹玻璃球等。哪怕只是十分钟，都会玩得满头大汗，且年年岁岁，乐此不疲。

弹玻璃球玩之前要争先：以一条线为基准，大家站一米线开外向线弹玻璃球，谁的最靠近那条线谁便第一个出场。玩法有进洞、击球两种，小小的玻璃珠子在我们的手下似乎有了生命。

摔方宝也是常玩的游戏，用废旧的烟纸叠成鼓鼓的四角形或三角形。一个人的方宝放在地上，另一个人用自己的方宝去摔，如果摔得地上的方宝翻转了过来，就算赢，地上的方宝都归赢家所有。这种游戏非常受男孩子的欢迎，玩得上瘾者竟然连饭都顾不上吃。走在村巷里，随处可见两三个小孩子在噼里啪啦地摔方宝，因太过用力，常常累得满头大汗，记得我的口袋里经常装满了赢来的五颜六色的方宝。

推铁环也是当年流行的玩法，器具简单，一只铁环、一只铁钩子而已。不过，玩起来就不那么简单了，这是说玩得自如，进入化境。玩法并不复杂，把铁环往地上一抛，在铁环滚动时，不失时机地用铁钩子卡住铁环，防止跑偏或跌倒。在很长一段时间，铁环与

透着母爱的温馨色彩。

　　这年冬天，我向领导请了个长假回家。下车时，天空忽然飘起了雪花，我穿上最厚的外套仍能感觉出阵阵寒意，嘴唇冻得发紫，手脚都有些不听使唤。一回到家里，赶紧扑到火炉上去烤火。"来，把这个穿上吧！"母亲不知从哪里拿了件她织的毛衣，我也不管三七二十一把它穿在了身上，竟刚好合身，这才感到一股踏踏实实的暖意，它像冬日的阳光，温暖地包围了全身。

　　后来，母亲又拿出几件新毛衣交给我说："这些都是给你织的，看一下合不合身，本想寄给你的，又怕你不肯穿，现在你回来刚好可以穿了。"我默默地接过毛衣，用手轻轻地抚摸，丝丝暖意从手心传上来。看着这些母亲一针一线织起来的毛衣，原以为它们只是我人生的一个片断，却想不到仍时时刻刻在我的身边，不管我远在天涯，还是近在咫尺，中间所隔的距离从没有超出过母亲的视线。

　　从那以后，我又穿起了母亲织给我的毛衣，又真真切切地体验到了属于儿时的那份温暖。那毛衣犹如一口温泉，将我的每一个细胞都浸在其中，让我感受到母爱的温情。

·棉手套·

一

冬天里最美的呵护

在这个世界上，最不可缺少的是各种各样的爱。冰心老人曾言："有了爱，便有了一切。"我非常地幸运，始终被爱包围着、滋润着。在爱的海洋中有一份爱最独特、最让我难以忘怀，那是姐姐对我的爱。姐姐用她天性里的纯真和善良，给了我无微不至的关怀与照顾，给了我呵护、温暖、智慧和爱，至今我依然保留着她给我做的棉手套。

那时母亲忙于农活，照看我的任务就落在了姐姐的身上。其实，姐姐仅年长我三岁。及至我慢慢地长大，姐姐一边帮母亲操持家务，一边为我忙这忙那的。当我在外面受到别的孩子欺负，第一个便向姐姐告状，然后拉着她去为我主持公道。当父亲从外面带来什么好吃的东西，年幼无知的我，总是吃完自己的又想姐姐的那一份，后来姐姐干脆不吃，全都留给了我。

小时候，我喜动不喜静，天天和小伙伴们"打打杀杀"的。到了冬天，更是疯了似的到处乱窜乱跑，堆雪人、打雪仗、溜冰，一双小手常常冻得红红的、肿肿的。姐姐见了无比心疼，特意给我做了一双棉手套，是那种大拇指分开，其余四个手指合在一个棉筒里的老式手套。那天特别冷，姐姐放学回家就忙着找棉花、裁布、缝制，整整忙乎了大半夜。第二天一早，一副崭新的手套放在了我的床头前。

　　年幼无知的我对姐姐的关爱却不以为然，那天也不知道从哪儿来的那么别的劲，面对姐姐的恳求竟然无动于衷。最过分的是当姐姐把手套送到我手上时，我一急竟把手套给打落在了地上。姐姐赶忙弯下腰拾了起来，拍了拍上面的土，眼圈里涌出了一层泪花。

　　看着姐姐流泪的样子，我当时就后悔了。其实，我也不是故意气姐姐的。只是因为当时小伙伴手上戴的都是从商店里买的手套，暖和又漂亮。我想让母亲也给我买一双时髦的手套，没想到姐姐竟给我做了一副，让我不好再提买手套的事了。因为这事，母亲把我臭打了一顿，我也因此好几天没有理睬姐姐。

　　时光荏苒，眨眼间的工夫，我们都长大了，姐姐也要嫁人了。在为她整理东西时，我在她的箱子底发现了那双棉手套。刹那间，我如遭雷击一般惊呆了，过去的事情一下子又浮现在眼前。我万万没有想到，过去了这么多年，姐姐竟还一直完好无损地保存着它。它还是那么新、那么软和，上面的针脚歪歪扭扭的，我依然能清晰

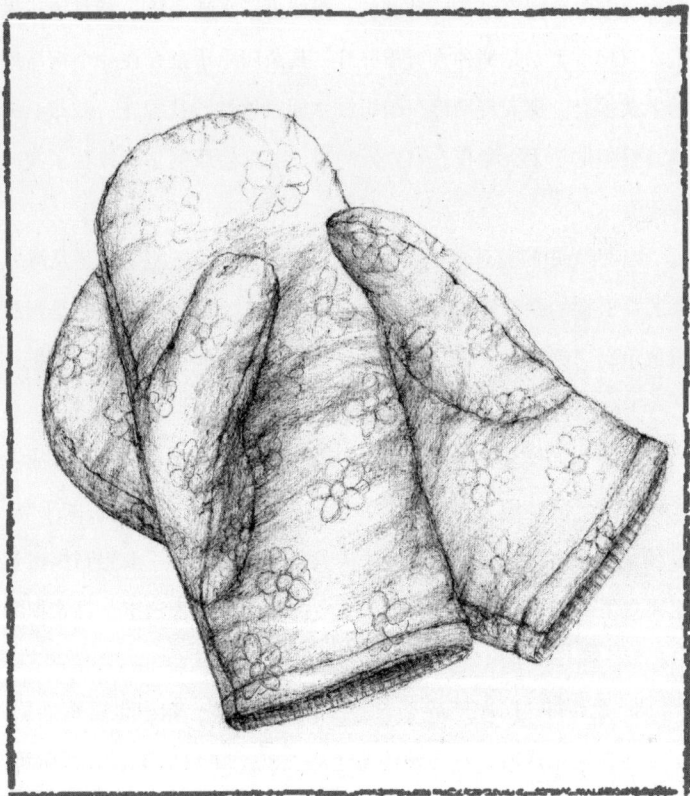

地感受到姐姐那千针万线般的爱。

　　那一天，我的心像压着一座山似的特别沉重。后来，那双手套一直被我珍藏着，它是那么珍贵，那么意义非凡。姐姐走了，可她对我的关爱却没有丝毫的改变。常听姐夫说，有时他晚上看书到深夜，隔壁的姐姐一觉醒来，以为是我呢，喊着我的名字让我入睡。这是以前常发生的事，那时我喜欢看书到深夜，隔壁的姐姐睡了一觉，见我还没睡，灯还亮着，就会这样喊过来。

　　人生不会总是一帆风顺，姐姐遭遇了一场严重的车祸。我听到消息后，急匆匆地赶了过去。走进重症监护室，我愣住了，因为我找不到我的姐姐了，这是我从来没有想到的事。手术后处于昏迷状态的姐姐，口腔、鼻腔都插满了管子，头上裹着大面积的纱布。这一刻，坚强的姐姐是那么的无助。于是，我开始了整日整夜的守候，开始了焦虑而充满希望的等待。为了让姐姐快点苏醒过来，我无数次地俯身在她耳边轻声呼唤。

　　等待的感觉是如此的漫长，一年？一个世纪？时间似乎停滞不前了。两天后，姐姐的眼皮在灯光下开始微微颤动，她睁开眼睛的那一刻，我的心像敞开了一扇窗，郁闷与恐惧都随之烟消云散。当她拔掉呼吸器，轻轻地叫了我一声"弟弟"时，我的眼泪情不自禁地流了下来，我知道坚强的姐姐终于从死神的手里逃脱了。

　　在这个世界上，没有人能够替代姐姐在我心目中的位置，也没有人可以填充她的空缺。皓月当空时，我喜欢望着深邃无尽的天宇，遥望着姐姐的方向，因为在远方，有一个被我称为姐姐的亲人在担心着我，在惦念着我，我也任由思念透过月光，遥寄一份诚挚的祝福、一份暖暖的关怀、一份浓浓的爱意。

·贺卡·

一

翻山越岭的深情遥寄

　　在那个少年不识愁滋味的年代，每到元旦、春节，向同学、挚友寄送一张贺卡，道一声新年的问候，是一项颇为时髦的活动。每次收到朋友的贺卡，都舍不得丢掉，且准备了一个专门的盒子来盛放它们。这一放就是二十多年，看着它们，那一幕幕温暖甜蜜的记忆涌上心头。

　　贺卡是一种多姿多彩的新年礼物，它的五彩缤纷令人眼花缭乱、意荡神驰。年少时，我对它有着一种近乎"变态"的疯狂，节省下来的零花钱在年底几乎都换成了贺卡，"海内存知己，天涯若比邻""千里送鹅毛，礼轻情义重"……这些诗句被意气风发的少年断章取义，歪歪扭扭地涂写在贺卡上。如今回想起来，虽然幼稚可笑，却能从记忆中嗅出阵阵的温馨。

　　新年寄送贺卡这种祝福方式不知源自何时，我对这种方式情有独钟。每年我也会收到许多真情洋溢的贺卡，每每收到一张盖有邮戳的贺卡，心中就会有说不出的喜悦和温馨。那些跳跃在图片或纸上的文字，一笔一画都饱含生命的激情，似乎鲜活得有血有肉，见文如见人，见字如见神，在打开、品读的刹那，某种情愫被唤醒，会感到一股强大的精神动力，快乐也应运而生。

在我珍藏的贺卡中，除了那种统一印制的卡片，尤令我珍惜的是亲手制作的卡片。有一位同学，从小喜欢画画，用他妈妈的话说是"不务正业"。我却喜爱他的画，每年收到他亲自画的贺卡，我都会暗自高兴一番，似乎从他的画里找寻到往昔的吉光片羽。还有一位喜欢古典诗词的同学，每年的贺卡上写的是他摘录的诗词，再配些干花、树叶之类的，也别有一番情趣。

贺卡虽微不足道，却倾注了朋友们深深的牵挂与祝福。遗憾的是，给人惊喜的贺卡已少为成人所用，取而代之的是电话、短信、电子贺卡。电子贺卡虽也丰富多样，可心中却总感觉少了些什么，再也找不到学生时代的那种感觉，那种为了朋友精心挑选卡片，绞尽脑汁构思祝词，然后将它们逐一塞入邮筒，期盼着朋友早日收到祝福的兴奋；那种翘首期盼朋友送来祝福的期待；那种收到贺卡后欣喜若狂的纯真。

在一个阳光明媚的冬日下午，送完女儿后，无意间走过一家文具店，见门口写着：新年贺卡，五折优惠。里面挤满了中小学生，几乎看不见一个成人。也许他们都太忙了，这里多彩的世界已不属于他们，也许只有孩子们对这个世界还抱有足够的诗意和丰富的想象。我按捺不住走了进去，贺卡真多，上面的贺词也别出心裁、千奇百怪，让我为之莞尔。

"生活犹如一杯咖啡／我们品尝了它的苦涩／也要体味它的醇美。"这句话富有哲理，让沮丧的心情有了希望。

"这么久都没有你的消息／你是不是另结新欢了／速联系／勿自误。"这句话多俏皮，如果把它寄给 Z，这家伙肯定会歪嘴一笑：知我者莫如兄也！

"朋友／虽然你有时候真的很酷／但是我就是喜欢／你那酷酷的样子。"这句话多幽默，如果把它送给 W，这家伙再严肃恐怕也会笑出声来。

"不管你在哪里／请给我一点／有关你的任何消息。"这句话，多么情真意切啊，让人的心里有阵阵的暖流。

"与你共度的时光／总是美好的回忆／不管我们的距离多么遥远／关爱的心情永远不会改变。"画面上是两只胖乎乎、若即若离的小猪，让人爱不释手。诸如这样暧昧的赠言，不妨送给那些"特别的"朋友。

一时间，我处于贺卡的世界里，不可自拔。最后，我选了一大堆贺卡，老板的眼神很是惊讶，好像从没见过一个成年人买这么多贺卡。他结算时，要给我打折，我谢绝了，因为我知道，这个世界上并不是所有的东西都讨价还价的，何况我意外地获得了一个好心情。那些贺卡像一支祝福的歌谣，又像陈年的老酒，给了我无限的温暖与感动，我感恩都来不及，还打什么折呢？

　　如今，每至岁末，我都会将以前收到的贺卡拿出来翻看一番。在翻看的过程中，我仿佛卷入了一个情感的漩涡，那一张张卡片像一个个神奇的尤物，于无形间调动起我内心微妙的情绪变化，那文字、那图画带来的触动，完全将我的思念和期许升腾，里面所蕴含的那份纯真的感动、默契的温暖，令人久久回味。

· 信件 ·

—

字字抵万金

    书信是传递情愫的一种载体，它曾经杂陈在青春和激情铺洒的岁月里，表达着友谊、忧郁、梦想、爱情和祈愿，可如今我们对待书信的态度越来越敷衍，私人信件的数量在急剧下降，甚至情书也在恋爱的环节中省略。我一直没舍得扔掉那些旧书信，因为我深深地知道，它们不仅仅是一张张发黄的信纸，还是心中一份份深厚的情感。

    我最早开始写信是在读高中时，那时没有手机，没有电话，所有的思念和祝福都寄托在薄薄的几页信笺上。趴在书桌前，铺开洁白的信纸，一字一笔地认真书写，思绪静静地倾洒，心底的思念汩汩流淌，纯净的心随着笔尖慢慢游动，搜肠刮肚用尽各种美丽的词汇，来表达自己的牵挂和祝福，诉说自己的烦恼或快乐、梦想或憧憬。信寄出去后就一直翘首等待回信，心中充满着无限的盼望。

上大学时，对于信件的盼望简直有些病态。为此，我专门准备了一个木盒子来盛放那些信件。收到来信，我会迫不及待地拆开信封，那份急切的心情是现在的年轻人很难理解的。然后仔细地展读起来，如并不亲密的同学会写充满亲密词语的信，平时老实巴交的表现在信上却热烈而奔放，平时活泼的表现在信上却木讷了。若是许久没有收到信，心里会忐忑不安，会焦虑失望。

当时许多刊物都有交笔友的栏目，再加上我经常发表些豆腐块，所以会经常收到来自祖国各地的信件。那对我来说，真的是一份意外之喜。在仔细品读之余，我亦会回寄一封热情洋溢的信。我热衷于在信纸上文采飞扬地与友人对话：探讨着问题，倾诉着秘密。这其中既有初恋时心慌意乱的情愫，也有热恋时激情满怀的幸福，还有失恋时天昏地暗的欲哭无泪，里面散发出的淡淡墨香，流淌在字里行间的真挚情谊，无不温暖着我的心。

大学生活结束了，有信的日子似乎也随之结束了。参加工作后，手写的信件更是如天上的黄鹤一去不复返。突然有一天，我收到了一封手写的信件。打开，只见一朵尚未完全干枯的菊花掉落桌面，我无比惊讶，它给我已习惯电脑的生活增添了一分别样的色彩和一分暖暖的感动，内心亦被菊花悄悄弥漫开来的香气撩动着、氤氲着，恍惚中我又回到了那个信件飘飞的岁月。

朋友的这封来信，唤醒了我沉睡的情感。我停下了手中的事情，开始重读那一封一封存放多年的旧书信。在阅读中，我仿佛闻到了时间的味道。我发现字里行间似乎都闪烁着细密的阳光，它们提示我所经历的时光，无论是刻骨铭心永生难忘的，还是微小如蚁稍纵即逝的，都历历在目。

随着时代的发展，那些字体清晰或狂舞、象征友人个性的信件，逐渐从日常生活中退场。那些等待青鸟飞来的日子，那些读信时的亦喜亦悲的情感起伏，亦无所寻觅，重新展读纸笺已成了一种难得的奢求。取而代之的是电话、短信、电子邮件，快捷、便利的通讯工具虽然拉近了人与人的距离，却把心的距离拉开了，那些短信、邮件千篇一律，变得越来越不真实，不能像信件一样拿在手里，让人真切地感受那份远方的思念。

书信记录着一段美好的岁月，记录着懵懂的青春印迹以及过往的忧伤与欢乐。一封信就是一个遥远的故事，一段远逝的岁月，一个尘封的旧梦。哪怕只有寥寥几句，亦饱含浓浓真情。时光飞逝，书信飘香的日子渐渐远去，写信与读信的幸福时光却被永远地定格在了心灵的最深处。闲暇时，翻读起昔日的信件，整个人似乎都被一种澄明如水的气氛所包围、所笼罩。

在喧嚣的今日，在怀念书信的同时，我也期待在某年某月的某一天，能够收到更多的泛着淡淡墨香的书信，重新体会那份快乐与幸福。

·留声机·

一

偷得浮生半日闲

留声机是一种原始的播放唱片的机器，曾风靡一时。后来随着音像技术的发展，它一度退出了人们的生活。不知何时起，它又开始在城市的角落里悄然回归，出现在酒吧、茶馆、咖啡馆乃至私人收藏中。家里有两台保存良好的留声机以及百余张红红绿绿的唱片。每到节假日，会放上几张唱片，在悠扬的旋律中收获一份美好与温馨。

当年，留声机是一种很受欢迎的音乐播放器，它看上去高雅尊贵，听起来更是美妙绝伦。四四方方的匣子里藏满了优美的声音和千千万万个故事，像百宝箱一样充满了魔力。掀开盖子，弯曲的唱针，红红绿绿的唱片，不知吃进了多少惊讶的眼神，也不知让多少人为之痴迷，为之沉醉。

在那个年代，对于许多家庭来说，留声机是一件奢侈品，我家亦不例外。留声机与缝纫机、自行车等有着本质的不同，它带来的是一种精神享受，不是必不可少的生活物件。谁家里若是有一台留声机，定会招来无数人的羡慕。那时，我非常好奇，为什么放上唱片，搭上有唱针的唱臂，就会有好听的声音溢出。

日子在留声机的咿咿呀呀中，在我的疑惑不解中缓慢地溜走了。有时趁大人不防范，我会伸出一根手指在机身上缓缓抚过，像滑过江南的丝绸，有一种润滑凉沁的感觉。最幸福的时光莫过于傍晚时分，一家人静静地坐在屋子里，享受着美妙的音乐。劳累了一天的父亲喜欢懒洋洋地躺在宽大的藤椅里，年迈的祖母，则在悠扬的旋律中慢慢地进入梦乡。

我真正与留声机和唱片结缘，缘于一次厦门之行。当时，我正在鼓浪屿的石板路上惬意地闲逛，忽然耳边传来了留声机独有的乐声。循声而去，发现一个年龄与我相仿的年轻人正躺在摇椅上听曲子。他朝我点头微笑，并指了指旁边的摇椅。我欣然落座，一边看天上云卷云舒，一边聆听着乐声，很快就沉醉其中。那一刻，时光好像戛然静止，尔后沉睡，沉睡中悠悠然做了一个千年等一回的梦。

几曲终了，摇椅上的年轻人才起身招呼我。交谈中得知，他是这个客栈的老板，最大的爱好是收藏留声机，留住一份逝去的美好。见我对留声机也感兴趣，他开始兴致勃勃地说起与之有关的话题。之后，我理所当然地住在他的客栈里。每天出游回来，欣赏几张他珍藏的唱片。离开鼓浪屿时，他送了我好多张唱片，它们都成了我

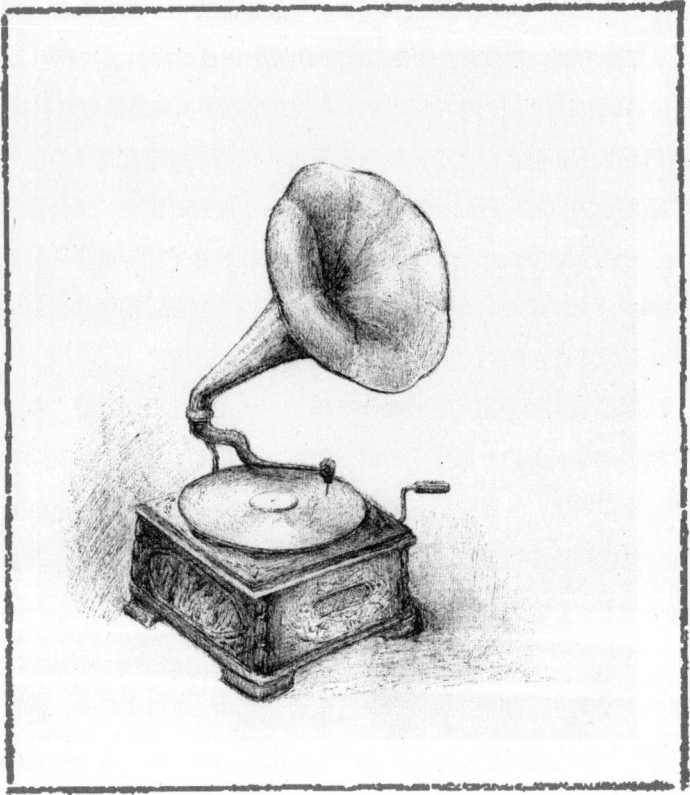

最宝贵的珍藏。那段时光也如曲子般刻录在我的脑海中，让我经久难忘。

有段时间，我处于人生的低潮，对我来说最幸福的事就是一个人躺在摇椅上，静静地聆听悦耳的声音从留声机里泻出，看着阳光从窗户斜射进来，暖暖的，罩着我那一方小小的书房，整个人就恍惚了，也感觉不到寂寞。虽然后来有了收录机、电视机、录像机，可我始终没有摒弃它们，偶尔放来听一听，留声机跟那一张张刻满时间年轮的老唱片，留给我了一段怀念的旅程，给了我久违的激动。

留声机曾是旧上海最有代表性的影像。二十世纪三四十年代的上海是纸醉金迷的，在五光十色的灯影下，留声机的唱片匀匀转动，醉人的歌声四散流淌，身着旗袍的动人身影不断闪现，构成了风情万种的海派情怀，让人恨不得置身其间，闻乐起舞。在旗袍、留声机的背后，是一串串流光溢彩的名字，周璇、李香兰、白光、龚秋霞……她们和留声机一样，都是那个时代的缩影。时光如梦，那醉人的风情只能去银幕上、去唱片里寻觅了。

现代文明给生活带来了日新月异的变化，人们在享受着先进的音乐播放设备的同时，并没有忘记静置在岁月深处的留声机，它蕴藏着一个时代的记忆，也是一段逝去时光的见证。如今，留声机在时光的角落里发出悠扬的音调，从《秋水伊人》《天涯歌女》《何日君再来》，到《夜来香》《玫瑰玫瑰我爱你》，那些逝去的往事和情感在乐声里铺展开来，让人幻想无限。

留声机连同那些老唱片犹如老照片、老电影一样，承载着历史的烙印、岁月的沧桑。古人说，"昨日之日不可留"，对于我来说，人生似梦，岁月如歌，留声机连同那一首首老歌，恰恰记录着我的似水流年，那是一种久违的打动！

书包一样重要，书包放在课桌上，铁环就在课桌之下。上学来回的路上，课间活动的十分钟里，晚上放过学之后，都是推铁环的时候。推铁环经常是几个小伙伴一起，在街巷里并肩疾驰，像一场小型比赛一样，风在耳边呼呼作响，那感觉棒极了。

打陀螺也是一项颇受男孩子喜欢的游戏。陀螺的制作稍微复杂些，材料要用棍样粗的木头，用刀子削成上圆底尖的圆锥形。这还不算，还要在尖底挖一个小洞，嵌一粒钢珠进去。那时钢珠难求，于是，常见小孩们到修车铺去转悠，谁要是发现一颗钢珠子，会兴奋好久。陀螺做好了，鞭子就容易了。

打陀螺需要技巧，怎么样才能让那个底部尖尖的木头疙瘩乖乖地在地上飞速旋转，我花费了好长时间才算掌握了基本要领。手拿鞭子把陀螺一圈一圈绕起来，然后把缠好的陀螺放在地下，右手轻轻一扬，陀螺飞离布条的缠绕，旋转起来。这时，要赶紧用鞭子抽，如此陀螺才会旋转不止，要想打得熟和得心应手则需要一段时间。

最简易的自制玩具是打蜡子，只要找一根拃把长、略粗点的树枝即可，木质可不论，坚硬者为佳，像洋槐就是不错的选择。两端削成锥形，置于地面，两头自然翘起。然后，再截取尺余长的手持细木棍，做"敲棍"，一副玩具就大功告成了。时至今日，我都没想明白其名何来。此玩具，多人玩才有趣。玩时，置蜡子于地，用敲棍择其一端敲起，待其腾空的一瞬，挥起敲棍击打，令其向更远处飞行，击不中者，算失败，以击远者为胜。

时光荏苒，童年在不知不觉中消逝了，那些美好的往事，就这样被沉淀在岁月里。那些遗落在时光里的玩具，让我在一路风尘奔向未来的步履中，蓦然回首的刹那，都有暗香浮动、温馨弥漫，它们让我深深懂得了岁月是一种温存，会在你我的心中永驻。

· 泥玩意儿 ·

一

女娲的后人会玩泥

作为女娲的后人，土生土长的孩子，始终离不开泥土。泥巴是上天赋予孩子的一种取之不尽、用之不竭的宝贝。在那个年代，信手拈来的土块、泥巴就是玩具，它们散发着泥土的芬芳味道。如今，很多人已忘记了与泥巴相伴的日子，可它们却根植在我的心里，成为记忆里一棵枝叶婆娑的大树，每每想起，便让我陶醉在那久远的乐趣里。

那时，玩泥巴的花样特别多，每个孩子都乐此不疲。摔炮是一种最常玩的游戏，约三两个伙伴来到池塘边，挖些稀泥，掺些土，揉来揉去，摔来摔去，泥巴就摔熟了，然后做成窝头状，皮薄、空大，做好了，先吹一口气，铆足了劲往平地上一摔，会听到"砰"的一声，底儿炸了一个洞，飞溅的泥巴弄得满头满脸都是。洞越大越高兴，因为对方要按照洞的大小拿自己的泥巴补上，赢得的泥巴

237

越多越高兴。谁的炮要是没响，是要受到嘲笑的。

捏泥人也是常玩的游戏，先将泥巴团成泥丸，大小随自己的心意。再开始搓泥条，长短、粗细不等。有了这些"零件"，即可发挥想象力，捏泥人和各种小动物了。一个大泥丸上放一个小泥丸和两个泥条，再在小泥丸上捏出鼻子，抠出眼睛，就成了一个小泥人。此外，还可以捏出小狗、小鸭、小兔等等。大家互相欣赏着，看谁做得好看，往往一玩起来就忘了时间，大家一边笑着，一边用脏手抹一把脸上的泥巴，又开始做下一个了。

除去自己玩泥巴外，走村串巷的货郎们也有各种泥玩意儿卖。最常见的是泥塑类的玩意儿，这类泥玩意儿简约朴拙，不在形象的逼真而在意态传神、憨态可掬。它们大都采用夸张的手法，突出表现引人注目的部位，如泥娃娃，面部的比例较大。泥玩意儿大多都上彩，彩分红、绿、黄、黑、白五种颜色，且对比强烈，色泽鲜亮夺目，惹人喜爱。每当那些货郎光临，手推车的周围都围满了人儿，大家瞪大眼睛看啊，选啊！

大多数的泥玩意儿都在庙会上兜售，小时候庙会很多，一年四季都有。每每这个时候，万头攒动，熙熙攘攘。对于孩子们来说，各种玩具最具吸引力，尤其是那些花花绿绿的泥玩意儿摆满了一街。面对它们，眼睛似乎都不够用了，有手拿金箍棒的孙悟空，有威风凛凛的老虎，有雄赳赳、气昂昂的公鸡，还有那梁山伯与祝英台、西游记等戏曲人物，都跟真人一样。那真是庙会中的一大景观，赶会者不捎带几只泥玩意儿回去，那算是白来一场。

　　庙会上出售的泥玩意儿，不像自己捏制的那么随意，仅仅胶泥就要经过精心挑选，不能掺杂着沙土杂质。先挑选上好的泥料，再进行碾压、过筛及加水调和、滚揉，使之具有柔韧、不裂的性能。调制好胶泥，才可动手制作。技艺高超的泥玩匠可信手拈来，捏制出各式各样的造型。制好生坯，先放于阴凉处晾干，再放入土窑，覆以谷糠秫壳等物点燃烧制。几个小时后，即可取出，刷上颜色，便大功告成。

　　印象里，一般泥玩意儿的底部或腹部都装有芦哨或竹哨，留有气孔，可吹响，且能发出有节奏的乐音。泥娃娃发出的声音像婴儿的啼哭，泥公鸡发出的声音如同打鸣，十分逼真。有一次，女儿无意中从柜子里翻出了陪伴我多年的泥玩意儿，一时竟爱不释手，嘟起小嘴儿，吹着泥人儿，那久违的清脆的声音便响彻耳际。

　　泥巴应该是人类最亲密的朋友，泥玩意儿是地地道道的从泥土里扒拉出的，带着纯正的泥土馨香，再经过历史淘洗，倒显得有几分厚重。一团泥巴，捏捏掐掐，便有鼻子有眼有灵性，好似活了过来，为人们的日常生活增添无尽的乐趣。如今，泥玩意儿只有庙会时才能遇到，每次都会勾起我美好的回忆，让我获得一种久违的温馨与感动。

·鸽哨·

—

跨越时空的灵动

鸽哨又名鸽铃，是装在鸽子身上的玩物，也是一种属于民间的风物，虽不登大雅之堂，却也有了上千年的历史。鸽子飞动时，鸽哨会发出悦耳的声响。一位诗友曾这样称赞它：有一种声音，是从云端传来的天籁之音；有一种声音，听到它就有一种想回家的感觉；这种声音就是鸽哨的声音。

小时候，村子里好多人喜欢养鸽子。在村庄的屋檐下，或屋顶上，悬挂或摆放着各式各样的鸽子窝，时不时有鸽子进进出出，尤其是早晨和傍晚，那真是一种独特的风景。一群群的鸽子或在蓝天上自由飞翔，或在屋顶上、树梢间盘旋，伴随着的是鸽哨发出的清脆悦耳的声音。那声音平静祥和，给人一种异常温暖的感觉，让人不由得驻足观望。

鸽子是一种俊美的鸟儿，体态优美，两只眼睛炯炯有神，站立时姿势挺拔，飞起来呼呼作响，让人顿生怜爱。我喜欢鸽子，亦喜欢鸽哨。飞翔在蓝天里的鸽子，像天边的朵朵白云，秀美漂亮。每当鸽子抖动着白色或银灰色的双翼划过我的视线，我的目光马上会从游离的状态变成追随，我的心也会随着鸽哨声飘然而动，上下起舞，留下的是许久抹不去的深深回响。

第一次养鸽子，是在十岁左右，它是一位远房亲戚送给我的生日礼物。当我看到小纸箱里四只可爱的小灰鸽，转着圆溜溜的黑眼睛怯怯地望着我时，竟有些手足无措，不知该用什么方式欢迎它们。我赶紧找来木棍、木板、铁丝还有纸盒，做了一个粪便可以漏到下边的简易鸟箱。从此，放学后照顾鸽子成了我的一件大事，喂食、喂水、洗毛、清理鸽笼……

在我的精心照料下，鸽子慢慢长大，身体一天天结实起来，体态修长丰满，羽毛油光发亮，泛着荧荧的彩虹的光芒。这时候，可以给鸽子戴上鸽哨了。我便提着笼子去找二爷爷。二爷爷是做鸽哨的高手，能做出好几种形状的哨子。看着我可怜巴巴的样子，二爷爷二话没说，便让我进屋了。他一边做，一边给我讲鸽哨的知识，什么四筒哨、五联哨、梅花哨、九星哨之类的。没多大工夫，一个精美的"梅花哨"就做好了。

鸽哨做好了，系鸽哨亦有讲究。二爷爷让我按住鸽子的翅膀，他小心翼翼地把鸽哨穿在中间四根尾翎的根部，然后把一根细铁丝穿过哨鼻，两端一搭一扣，鸽哨就牢牢地系好了，无论鸽子怎样翻飞回旋，都不会掉。从此，每天早上，放鸽子、听鸽哨就成了一件雷打不动的事情。附近邻里的小朋友，用充满羡慕的目光，看着那天上飞过的精灵，让我骄傲极了。

每天，鸽子从窝里飞出，在我家的上空，上下翻飞，左右盘旋。哨声穿云破雾，让空虚沉寂的院落，着实增添了不少生机与活力。哨音时而高，时而低，风大时则激越短促，风小时则悠远绵长。在天高气爽的秋冬时节，万里无云，唯见鸽子在蓝天上飞舞，那情形十分美好，让我觉得世上最幸福的事莫过于此了。

有鸽子的日子是温馨的，有哨音的日子是快乐的。快乐的日子总是在不经意间从指间溜走，我和鸽子们的快乐记忆亦是那样的短暂，如倏尔一闪的流光，转眼成为过去。搬到城里生活后，我曾想着养鸽子，可由于种种原因一直未能实现。如今，徜徉于现代城市中的人们已很难听到鸽哨声，那声音竟成为一种美好的回忆。

在我儿时的印象里，鸽哨曾是首都北京最美的符号，被誉为是"最能代表北京的声音"。有一年去北京，我专门去胡同里寻觅鸽哨，可惜的是那哨声竟寻觅不到了。那些曾经发出了灵动声响的鸽哨，在历史的风烟中沉默，为时光的风尘所覆盖。幸运的是制作鸽哨的技艺被传承了下来，被誉为"京城大玩家"的王世襄老先生也留下了一本图文俱佳的《北京鸽哨》，让人可以一睹鸽哨的风采。

没有鸽子的天空是寂寞的天空，真心渴望有流动的鸽影、醉人的鸽哨声划过城市的上空。我知道，我的心灵深处永远都飞舞着鸽子的身影。在一个又一个早晨或黄昏，当我陷入某种无端的无聊和孤独时，我便将之前保存下来的鸽哨拿出来，自己吹吹，听听音儿，那些美丽的鸽子似乎从心底飞出，淤积着岁月尘埃的胸脯里便透过一股活风，获得一份平静与祥和。

· 蛐蛐罐 ·

—

犹记当年促织鸣

　　蟋蟀是一种最常见的鸣虫，在老家被称为蛐蛐。它喜欢昼伏夜鸣，要捕捉，须等它振翅发声时。小时候，和小伙伴一起拿着手电筒去草丛里、瓦砾中寻找蛐蛐，是最为快乐有趣的事情。如今，曾经的垂髫少年已过不惑之年，捉蛐蛐的故事也成了明日黄花，只有屋角残留的蛐蛐罐，在诉说着似水流年。

　　蛐蛐罐有两个，一个是小时候爷爷看我喜欢玩蛐蛐，托人从苏州捎回来的泥罐。当时也不懂，后来才发现是苏州特有的澄浆泥罐，体积不大，外形秀丽素雅，细腻滋润，透气性和透水性都极好。另一个蛐蛐罐是一位朋友所赠，当时两人闲聊，无意中说起了儿时玩蛐蛐的事儿，聊着聊着，朋友从桌子底下掏出一个粉彩蛐蛐罐送我。罐身是婴戏图，罐盖是蝙蝠，无论是着色，还是图案，都生动有趣，弹指铿锵有声。

蟋蟀除了蛐蛐的俗名，还有许多独具古典韵味的名字，如促织、懒妇、寒蛩等等。促织二字极美，据说是模仿虫鸣声，声音似乎不大像，却给人许多联想，谚语有"促织鸣，懒妇惊"的说法。蟋蟀很早就为人所关注，把能够欣赏它优美动听、令人生情的鸣声当作是人生的一大乐趣。

　　蟋蟀的记载最早见于《诗经》的《豳风·七月》："七月在野，八月在宇，九月在户，十月蟋蟀入我床下。"《诗经》之后，关于蟋蟀的记载就多了起来，《尔雅》中有"蟋蟀，蛰也"的解释，《诗义疏》说："蟋蟀似蝗而小，正黑，有光泽，如漆，有角翅……幽州人谓之趣织，督促之言也。里语曰'促织鸣，懒妇惊'是也。"《古诗十九首》中也有"明月皎夜光，促织鸣东壁""西风吹蟋蟀，切切动哀音"等诗句。我最欣赏白居易的"一天霜月凄凉处，几杵寒砧断续中"，在这样的时令，有砧杵声陪衬，蟋蟀的鸣声更容易让人陷入沉思，远离烟火。

　　养蛐蛐最早用笼子，据五代《开元天宝遗事》记载："每至秋时，宫中妃妾辈皆以小金笼捉蟋蟀，闭于笼中，置之枕函畔，夜听其声。庶民之家亦皆效之。"用金丝编笼，可谓豪华之极，精致之极，也是常人难以企及的。南宋以后，喂养蛐蛐由笼子改为罐了，且制作考究，无论是材质，还是造型，抑或是花纹图案，都丰富多样，让人不得不佩服中国鸣虫文化的博大精深。

　　对于寻常百姓来说，养蛐蛐就没有这么多讲究了。记忆里，养蛐蛐就用一个葫芦，或一个粗陶罐，更多的乐趣是捉蛐蛐、斗蛐蛐。乡间的晚上是阒寂的，走夜路不免有几分心悸，自己也听出脚步的急迫，手电筒的光柱摇动，像水晕一样在黑暗里浮荡，一转出村子，蛐蛐的鸣声就多了起来。这时，你若闭上双眼，便有被虫声包围、湮没的感觉，仿佛置身于一个童话世界。

此时，虽然虫声如海，可是只要侧耳一听，我和小伙伴就能分辨出是真正的蛐蛐，还是没用的油葫芦。如果叫声清脆响亮、悦耳高亢，那准是体壮油亮、口齿坚利的猛将。我们小心翼翼循声而去，捉住它，希望它打遍街巷无敌手。养蛐蛐有许多门道，可我无意此道，后来读到京城玩家王世襄先生的《秋虫六忆》，才知道养蛐蛐也颇有乐趣，他写道："我有时也想变成蛐蛐，在罐子里走一遭，爬上水槽呷一口清泉，来到竹抹啜一口豆泥，跳上过笼长啸几声，悠哉！悠哉！"

再后来，看到五代的文人雅士归纳出蟋蟀有五德："鸣不失时，信也；遇敌必斗，勇也；伤重不降，忠也；败则不鸣，知耻也；寒则归宇，识时务也。"于是乎，我对蛐蛐这个小小的虫子就多了一分喜爱之情，尤其喜欢在自然环境中听蛐蛐的鸣声。对我来说，那是一种大自然的天籁，那是一种独属于秋天的音乐。那时候每天晚上，我都是伴着它的鸣唱而入梦的。

后来，离开老家，以为很难听到蛐蛐的鸣声，意外的是每到秋来，街上都有卖蛐蛐的，把山野农田的声响带进了城里。"唧唧蟋蟀鸣"，唤起的是几多的惆怅或欢快之情，在蟋蟀这小小的昆虫身上，我们也能感悟到生命存在的意义。一次去外地出差，独宿于山林别墅，听四壁唧唧吱吱的蟋蟀声，怎么都难以入睡，什么愁情、乡思以及人生之悲感，都一串一串地从根儿上勾引起来，在心头翻来覆去，让我想起遥远童年的秋夜。

"晚风庭竹已秋声，初听空阶蛩夜鸣。"虽然蛐蛐的鸣叫声不太容易听到了，可是在读书卖文之余，把玩着那些颇有年头、颇有故事的蛐蛐罐，亦能带来无限遐想，耳边似乎有蛐蛐在振翅高歌。

·酸梅粉小勺·

—

舌尖上的甜甜蜜蜜

　　每个孩子都向往被零食甜蜜包围的生活，成长的记忆总会有些与儿时的零食有关。它们如同坚硬的岩石，不管经历多少风霜洗礼，依然以坚强的姿态盘踞在心灵深处。搬家时，意外发现了装在大信封里的酸梅粉勺子，看着一个个造型不一的勺子，顿时陷入了充溢着甜蜜温馨的回忆。

　　在食品贫乏的童年时代，酸梅粉是最有吸引力的小零食，火柴盒大小的袋子里装着白色的粉末。打开袋子，先找出那个小小的勺子，然后一勺一勺地往嘴里舀，一放进嘴里就化开了，酸酸甜甜的滋味立刻从舌尖萦绕开来，刺激着小小的味蕾，现在想想还口水直流。有的小伙伴心急，撕开包装袋，拿出小勺，一下子就把酸梅粉倒进嘴里，像猪八戒吃人参果。然后，只能一边眼巴巴地看着其他小伙伴一勺一勺地吃，一边偷偷地咽口水。

对孩子们来说，吃酸梅粉是一种快乐的享受。男生女生都喜欢，那连舌根都打颤的酸味，更是让人欲罢不能。吃完之后仍意犹未尽，有时甚至把袋子撕开舔一舔，也不会招来任何人的笑话。每天放了学，小伙伴们背起书包飞快地跑向小卖铺，拿出好不容易讨来的零花钱，买上一包或两包酸梅粉。印象中，谁若是一次能买上五包，绝对会让大家另眼相看。

　　酸梅粉吸引人的不仅仅是味蕾的刺激，还有一把把形态各异的小勺子。每次买酸梅粉时，我总要隔着袋子摸上半天，想选一把好看的，若是比同伴的好看，会得意好一阵。吃完酸梅粉，那些花花绿绿、各式各样的小勺子会被我收藏起来。酸梅粉小勺的造型很多，有各式兵器造型的，有历史人物造型的，有猫狗等小动物造型的，最多的是卡通动画造型，每一款都令我爱不释手。

　　当时最喜欢《西游记》系列的小勺子，无论是唐僧师徒的，还是妖怪的，都会高兴半天。当然了，最喜欢的还是孙悟空，要是打开袋子，发现是孙悟空造型的，绝对连蹦带跳，也会引起其他小伙伴的羡慕与嫉妒。所以，每次拆开酸梅粉袋子前，心情都是期待的，现在想想，真是有些好笑。然而，吃了那么多酸梅粉，却没能凑齐一套唐僧师徒，当真是一种遗憾。

　　除去酸梅粉，还有棉花糖、无花果丝、跳跳糖、唐僧肉、鱼皮花生等零食。当时我一直不明白鱼皮花生为什么叫这个名字，其实只是用兑了香料的面粉，裹了花生米炸熟。不过，味道着实不错，香香脆脆，嚼在嘴里嘎嘣作响。几毛钱一小袋的鱼皮花生对我来说是相当珍贵的，舍不得一下子吃完，要一粒一粒地慢慢享用，还要跟小伙伴一起，你一粒我一粒地分享，一袋鱼皮花生，能带给我一个幸福无比的下午。

糖人儿是能玩能吃的零食，一听到糖人匠的吆喝，小伙伴们都争先恐后地围拢在糖人匠的挑担周围。只见他麻利地用细管挑起一点糖稀，对着吹气，糖稀马上充气鼓胀，匠人转着捏着，不一会儿，一个可爱的糖人儿就完成了，马上会有一个孩子接在手中，得意扬扬地挤出人群。得到糖人儿后，大家都舍不得吃，要仔细地欣赏，甚至相互交换着玩，看够了玩够了，才一点一点吃掉，最后舔着嘴唇很满足地回味着，仿佛吃下去的不是糖，而是鸡鸭鱼肉美味大餐。

让人期待的还有炸米花，当穿着黑色破袄、挑着宝葫芦般机器的师傅走进村子，瞥见他的孩子会满村地狂喊："炸米花了！"家家户户的孩子仿佛得到统一号令般，急急地到米缸抓米，全然不顾随后而来的母亲的责骂。孩子们大大咧咧地将米袋随手一摆，算是排个队儿。只见炸米花的师傅将米装进黑葫芦，紧扇慢扇，旺旺的炭火燃烧起来，就这么摇着摇着，孩子们在炉旁蹦蹦跳跳。"嘭——"一声巨响过后，米花的香气散开了，所有孩子掀动鼻翼，贪婪地呼吸着，幸福感被点燃、引爆、弥散开……

现在回想起来，虽然儿时的零食品种单一，却依然甜蜜了当时的小日子。那些零食让我记住的，不仅仅是味道，更多的是成长的印痕。那些花花绿绿、形状各异的酸梅粉小勺，代表了童年生活中温暖的片段，持久而厚重，是灵魂深处拂之不去的深深情结，是人生旅途中永远的陪伴！看见它们，童年的记忆如金子般灿然显现，似乎那些可口的美味又袭卷而来……

·窗花·

—

剪出来的花花世界

　　闲暇时，收拾书房，无意中从一本书里掉出十几张红艳艳、明晃晃的窗花，让我眼前一亮。看着那一张张精美的窗花，我的眼前不由得浮现出奶奶端坐在窗前，拿着剪刀铰窗花的情景，我似乎听到了"咔嚓咔嚓"的剪子声，那是一种与岁月、与时光有关的声响，那种声响是经久不息的，也是让人永远铭记的。

　　窗花的名字应该叫剪纸，可我更喜欢叫窗花，这个名字更有美感，更有诗意。窗花是最具风情的民间装饰，也是最美的童年记忆。每到北风肆虐的秋末冬初，老家的窗户上，总会贴上红红的各式图案的窗花。看着一张张普普通通的红纸，在奶奶的手中变成一幅幅美丽的图案，我的心里既好奇又崇拜。它们像一朵朵花儿在绽放，像一只只蝴蝶振翅欲飞，给老旧的窗户增色不少，让家也焕然一新。一眼看过去，赏心悦目，美不胜收。

窗花是剪刀和手指共同编织的语言和童话。对于剪窗花，奶奶是认真的，也是严肃的。她像是在进行一件无比庄重的事情，就像缝补衣服、晒制豆瓣酱一样，是生活、是人生的一部分，是需要认真对待的，也是需要无比虔诚。我最喜欢坐在奶奶的对面，凝神看着她一剪一剪的下去。剪刀在奶奶的手中，像被赋予了魔力，它像一个飞舞的精灵，调剂着寻常的百姓生活，让它无比的和谐，无比的温馨。

　　看着红色的纸屑如雪花般纷纷落下，我的心中充满了期待。之所以心中充满期待，是因为我不知道奶奶停下剪刀，会是什么样的一幅图案，我也不知道她到底剪了什么。看着奶奶安详的神态，我想那里面一定藏着一个很美的传说，一个很美的故事。不过，这种焦急的等待是短暂的，不大一会儿，一幅精美绝伦的窗花就呈现在眼前。

　　奶奶喜欢剪那种繁杂的图案。一种是百花争艳，这样的花，那样的花，在一起竞相开放。桃花、荷花、牡丹、菊花、梅花，它们超越了季节的界限和轮回，一同出现在一张纸上，花团锦簇，雍容华贵，像女皇武则天号令百花同开一样。在奶奶拿起剪刀的那一刻，她就是高高在上的皇者，拥有了让百花齐放的魔力。

　　另一种是百鸟朝凤，或龙飞凤舞图案。无论是龙，还是凤，抑或是那一只只知名或不知名的鸟儿，都惟妙惟肖，形态逼真。最喜欢龙凤呈祥图案，它代表了一种喜气，也代表了一种美好的向往。

龙的胡须、爪子、鳞片，凤的凤冠、羽毛、凤尾，都轮廓清晰，似乎在下一个瞬间，它们就会活过来，就能翱翔于九天之上。这对于向往天空、向往飞翔的少年来说，是非常有诱惑力的。

许多女孩为窗花着迷，那是她们最愿意干的活儿。她们所剪的图画都与自己的生活息息相关，那些窗花刻画了花、牛羊、猫狗、老虎、兔子等，它们无一例外，都变成了红色，都被赋予了喜庆的色彩。在春节的前几天，她们变得忙碌起来，将那些剪得精美的窗花贴在窗上，顿时，简陋的屋子、院子变得生动起来，日子也变得靓丽起来。

因为奶奶，我从小就对窗花充满了好奇感，并且这种好奇感是与日俱增的。后来去陕北，我看到了遍布黄土高原的窗花，它们是荒塬上一道绝美的风景。家家户户的窗户上都贴着这样或那样的窗花，绝对没有雷同，全都是独一无二的，哪怕一幅最简单的囍字，也各有千秋，各有韵味，更不要提那些图案繁杂的窗花了。

对于陕北的婆姨来说，一把剪刀，就是一个多姿多彩的花花世界。几乎毫不夸张地说，她们能剪出存在于陕北的所有物象，看着那一幅幅美轮美奂的窗花，像面对一幅幅或具体或抽象的大美画作，让人很难想象它们是出自一群整天与庄稼、与泥土、与柴米油盐打交道的农人之手。虽然她们文化程度不高，可是她们的想象力却无与伦比。我不禁想，剪窗花可能是她们与生俱来的本领，或者说是一种本能吧。

从陕北离开时，我带回了好多张剪纸，最心仪的一张是一棵高大茂盛的树，枝枝丫丫蓬勃着无限生机，在那些枝丫上是一只又一只的鸟儿，有的沉思，有的展翅，树底下是茂密的小草，草丛间有兔子、山羊等动物，那是一幅无比和谐的画面。这幅剪纸如此复杂，却又如此和谐。当我第一眼看到它时，就不能自抑地想将它带回去，陪伴我。

　　如今剪纸的历史已无从追溯，但它肯定是古老的，它携带着祖先的优雅和美丽，代代相传，从一只手传递给另一只手。因为对窗花的喜爱，当听闻女儿所在的学校有剪纸选修课时，我便建议女儿选修。没想到女儿一下子喜欢上了剪纸，闲暇时，就会拿起剪刀，剪花、剪草、剪小动物。看着一张张平淡无奇的纸，在女儿的手中变成一幅幅美丽的图案，看着她脸上绽开的笑容，我也深感欣慰。

　　每次翻看相册中的一幅幅剪纸，都会触动被封存的记忆。我知道自己是怀旧之人，那些剪纸将会长久地生长在记忆里，慢慢成为生命中的一部分，根植于心灵的深处，永不消失……

·毛衣·

一

温暖牌的千织万线

从小到大，穿了许多件各式各样的毛衣，最让我难以忘怀的还是母亲给我织的毛衣，那其中融进了浓厚的爱。如今，在我的衣柜中，还有与母亲有关的千织万线，它们都是永不过时的"温暖牌"毛衣。

小时候没有什么比穿新衣更让人兴奋的了，可是由于生活穷困，大多小孩的衣服都是自家大人缝制的，或是裁改大人穿小的衣服，母亲却喜欢给我织毛衣。夏末秋初，母亲用平时节省的钱买来毛线，然后抽空给我织毛衣。每一次，我都会兴奋地坐在母亲身边，盯着她的手和手上的两根织针，它们飞快地交叉着，每交叉一次，就预示着我的新衣离成型又近了一点。

在母亲的"日夜兼程"下，在我的翘首等待中，毛衣终于织好了，也好不容易盼到了降温，我赶紧把新毛衣穿在身上，高高兴兴地找伙伴们玩，他们总会带着羡慕的眼光，跟在我的屁股后面一蹦一跳的。后来长大了一些，已没有伙伴会因为你身上的一件新衣而围住你团团转了，但每一次穿上新毛衣，我仍能从他们的眼神中读出羡慕甚至忌妒，所以我的脚步间仍充满了自豪与轻快。

上了中学，班里的同学已再没有谁穿那种织的毛衣了，取而代之的是街上卖的款式新潮、惹人注目的时尚毛衣，只有我仍穿着母亲织的朴素的毛衣。这时，轮到我去羡慕别人的新衣服了，我甚至能从他们的脚步里看到我曾经拥有过的轻盈、自豪。回到家中，我将身上的毛衣脱了下来，任母亲怎么劝说就是不肯再穿上。母亲没办法，只得去买了件漂亮的毛衣给我。

后来，随着身体不断成长，以前的毛衣不能穿了，母亲在叹息中将它们一件一件全部拆掉，绕成一团团线球，并抽空又织起了毛衣。此时，年少轻狂的我已没有了幼时看母亲织毛衣时的兴奋，甚至有些反感。毛衣织好了，母亲却没有要说服我穿上它的意思，只是将它放在我的衣柜里，混在一大堆衣物里，让它表现着自己特有的朴素与厚实。

每一次打开衣柜，我都能看见母亲织的毛衣，却再没有穿过一次。虽然我知道它绝对适合我的身材，也绝对温暖，可是在流行的毛衣面前，我已经迷失了最初穿起母亲织的毛衣的那份温情。再后来，我像雏鹰展翅一样，离开了母亲的身边，开始在外地求学、打工。母亲为我织的毛衣，只在记忆里闪动，给童年的岁月抹上一层